COLLECTION HETZEL

LE
ROMAN DE MINUIT

par

PAUL FÉVAL

II

Édition autorisée pour la Belgique et l'étranger,
interdite pour la France

BRUXELLES

ROZEZ, LIBRAIRE-ÉDITEUR
Rue de la Madeleine, 87

1859

LE ROMAN DE MINUIT

BRUXELLES. — TYP. & LITH. DE J. NYS

Rue du Nord, 68

COLLECTION HETZEL

LE
ROMAN DE MINUIT

par

PAUL FÉVAL

II

Édition autorisée pour la Belgique et l'étranger,
interdite pour la France

BRUXELLES

ROZEZ, LIBRAIRE-ÉDITEUR
Rue de la Madeleine, 87

1859

I

— Les oiseaux dénichés —

Les premiers pas de M. Martin furent
fermes ; ceux qui suivirent allèrent se ra-
lentissant quelque peu. Quand M. Martin
fut au milieu de la chambre, sa vaillance
avait subi déjà de notables diminutions.
Il se débarrassa de son bougeoir et se prit
à tousser à bas bruit.

Rien ne bougea derrière les rideaux.

M. Martin toussa un peu plus fort. Même résultat négatif.

M. Martin regarda timidement les rideaux fermés.

—Elle a tort... elle a bien tort, se dit-il, d'intercepter ainsi toute communication avec l'air extérieur... Je sais qu'elle a des rhumatismes... mais toute créature humaine a besoin, pour respirer librement, de quatorze pieds carrés d'air, pour le moins. Allez voir un peu s'il y a quatorze pieds carrés dans cette alcôve!... Je vais l'éveiller pour lui parler un peu de cela.

Il lança un *hem!* retentissant; puis, comme le silence s'obstinait, il dit tout haut :

— Rose, ma bonne chérie, tu as tort de te claquemurer comme cela. C'est malsain. Le défaut d'air favorise tes dispositions à l'apoplexie... Ce n'est pas pour moi

que je te dis cela, tu comprends bien...
c'est pour toi... Hem! hem!

Toujours le silence.

— Allons! allons! se dit M. Martin, qui
essaya de railler, voilà ce que j'appelle
un bon sommeil!... La Saint-Philippe
ne l'agite pas, non... C'est bien fait! je
me croyais un pacha... Il ne faut jamais
se fier aux apparences... Rose! ah çà!
Rose!

Il s'était approché graduellement. Sa
main étendue aurait pu toucher les rideaux.

— Moi, reprit-il entre haut et bas, — je
ne sais pas si c'est l'impatience, mais je
me sens malade de nouveau... La, ma
parole, je suis gravement indisposé...
et c'est d'autant plus dangereux chez un
homme comme moi, que l'imagination
n'est pour rien là dedans.

M. Martin, paraîtrait-il, avait un peu

frayeur de sa Rose bien-aimée; car, au lieu d'étendre la main et de tirer les rideaux, il tourna son regard vers la chambre de Lily.

— En voici bien d'une autre! s'écriat-il; la porte de ma fille grande ouverte! Et les courants d'air... Lily!... mademoiselle Lily!

Pas plus de réponse de ce côté que de l'autre.

Croyez - bien , cependant , qu'aucun soupçon n'entrait encore dans l'esprit de M. Martin.

— Ah! vous dormez comme cela, mes minettes? gronda-t-il. — C'est parfait! Pendant que l'insomnie me poursuit, vous ronflez!... Attendez! attendez! je vais vous servir un plat de mon métier... Je vais reveiller Caro pour qu'elle me fasse chauffer de la tisane... Vous enragerez, vous direz: « Depuis quand se fait-on soigner par une domestique?... » Dites ce que vous voudrez...

Il pesa sur le cordon de la sonnette, qui tinta bruyamment, au loin, dans le silence nocturne.

— Celle-ci entendra, j'espère! fit-il en se frottant les mains. — Je les punis : elles l'ont bien gagné! Ce n'est pas méchanceté, c'est justice... on ne dort pas comme cela!... Je suis bien sûr d'être calme... et même en ce moment qui est pénible pour moi jusqu'à un certain point, je ne voudrais pas dépasser le but... Caroline va venir... Quand ces dames s'éveilleront, elles la trouveront à la besogne...

Il sonna une seconde fois.

— Le temps de passer un jupon, reprit-il avec une véritable sérénité, car l'idée de châtier ses deux femmes l'égayait sincèrement; point de hâte intempestive! Chez madame Martin, ces vivacités infé-

condes et superflues m'ont toujours dé-
plu... Du reste, au fond, je n'ai plus besoin
de cette fille... C'est surprenant comme
je me sens mieux... je suis sûr que je ne
bats pas plus de soixante et dix pulsations
à l'heure qu'il est... quelle souveraine
médication que le calme !... Si l'humanité
savait la puissance contenue dans ce
simple don !... Mais les passions, mais l'i-
magination, mais les faux enseignements
de la philosophie moderne !... Je mets
en fait que ce qui détermine les cinq
sixièmes des maladies inflammatoires,
c'est le défaut de calme... On s'est d'abord
procuré la fièvre par l'agitation physique
ou morale, par l'intempérance, par la colère... ou autre... puis l'inquiétude naît...
alors, on s'épouvante, on perd la tête...
Allez donc !

Il sonna pour la troisième fois en ache-
vant avec un juste orgueil :

— Moi, jamais! ferme et froid comme un roc! c'est le courage civil!... — Ah çà! s'interrompit-il en prenant sur la pointe des pieds le chemin du couloir qui menait à la cuisine, il me semble que j'ai sonné trois fois.

Il prêta l'oreille à l'entrée du couloir. On n'entendait aucun bruit, sinon le balancement métronomique et enrhumé du coucou de la cuisine.

On eût dit que M. Martin était content de ne point ouïr le pas lourd et empressé de la Comtoise. Il se caressa le menton. Vous connaissez déjà son sourire espiègle. Il eut son sourire espiègle.

— Jamais d'excès! murmura-t-il; je ne veux pas la mort du pécheur... mais il est bon qu'elles ne portent pas leur impolitesse en paradis... car elles m'ont fait une impolitesse... Je ne dis rien de plus, désirant garder en tout une juste mesure...

Ce paquet de Comtoise ne me répond pas ; je sais pourquoi, je le sais!... Il y a du François là dedans... François de chez les Bonnard... Loin de moi la pensée de dire que ce nom m'exaspère... ce sont des locutions entachées d'exagération... ce nom me taquine, voilà tout... Il y a long-temps que je soupçonne la Comtoise... Mes soupçons se confirment ; elle est sortie... sortie avec ce maraud de François... Très-bien ! voilà un motif sérieux et va-lable d'éveiller Rose !

Là était le nœud. L'aviez-vous deviné?

Il y eut en M. Martin une explosion d'insolent triomphe.

Il se redressa. Il reprit sa pose d'ora-teur.

— Ce n'est plus un enfantillage, plaida-t-il, ce n'est même plus une affaire per-sonnelle. Il ne s'agit même pas de moi ; il s'agit de la sûreté générale... Comment !

comment! je vous prie, mais voilà une maison bien gardée! Nous sommes au milieu des campagnes... On n'est pas sans entendre parler quelquefois de vols à Ville-d'Avray... La démoralisation de la capitale s'y étend, et l'on n'y a pas les mêmes ressources de sergents de ville, veillant toute la nuit avec activité... J'ai des valeurs dans mon secrétaire... indépendamment de mes cinq mémoires inédits sur le gypsium... Il y a l'argenterie... Nous sommes isolés au fond d'un jardin de près d'un arpent... les cris et les gémissements seraient difficilement entendus. Dans certains départements de la France, il y a des bandes de brigands appelés chauffeurs ou autres, qui commettent de surprenantes atrocités... L'exagération doit être tenue à distance; elle conseille mal, mais il ne faut pas non plus s'endormir dans une sécurité funeste...

Il se frotta les mains de tout son cœur en ajoutant :

— De la tranquillité ! ne franchissons pas les bornes !... Je pense que Rose va comprendre l'extrême gravité du cas. Elle est intelligente et poltronne... Elle a, en outre, le sentiment de sa responsabilité... C'est Rose, en définitive, qui est chargée de surveiller nos gens... La sécurité de notre domicile commun dépend d'elle.... Ah ! ah ! mes enfants, il ne s'agit plus de la Saint-Philippe !... Votre surprise, on s'en moque !... C'est une autre paire de manches... Sans garder la moindre rancune, j'ai le droit d'être sévère... bien plus, c'est pour moi le plus sacré des devoirs... Morbleu ! je vais faire lever ma femme et constater le flagrant délit !

Il se retourna vers l'alcôve, et, de toute la puissance de sa basse-taille, il appela :

— Madame Martin !

C'était un juge.

Il avait la tête haute et l'œil assuré. Sa pose, son geste, son accent, tout en lui était digne et noble.

— Madame Martin, poursuivit-il non sans une petite pointe d'amertume goguenarde, je suis désolé de vous déranger à cette heure indue... et je vous prie de croire qu'il a fallu des motifs d'un ordre supérieur... M'entendez-vous?

Il s'arrêta pour attendre la réponse; puis il répéta en enflant sa voix :

— Je vous demande si vous m'entendez!

Il y eut réellement quelque chose de lugubre dans le silence qui suivit cette question. M. Martin avait donné toute sa voix, qui était, quand il le voulait, un tonnerre. Le sommeil le plus profond ne résiste point à ces secousses. M. Martin sentit du froid dans ses veines, et ses cheveux gris frémirent sur son crâne comme

un taillis touffu où passe la brusque
rafale.

— J'ai parlé tout à l'heure d'apoplexie,
pensa-t-il tout haut.

Ses jambes flageolèrent sous le poids de
son corps. Il serra sa poitrine à deux
mains.

Puis, d'un bond, il gagna l'alcôve, dont
il écarta violemment les rideaux.

— Rose, murmura-t-il, ma femme!...
où es-tu donc?... Voyons! pas de mauvaise plaisanterie... Rose!...

Sa voix allait s'affaissant et s'étouf-
fant.

— Rose! prononça-t-il une dernière
fois; cela peut tuer!... ma femme!... ma
femme chérie!...

Ses jambes manquèrent. Il tomba sur
ses genoux en rendant un sanglot. — La
chambre resta muette.

M. Martin se releva au bout d'une minute. Il eut grand'peine à se remettre sur ses jambes, grand'peine aussi à se soutenir. Il regarda un instant ce lit vide. Par derrière, il semblait amoindri et rapetissé. Sa tête rentrait dans ses épaules. Quand il se retourna, je ne sais si vous l'auriez reconnu.

C'était une figure complétement changée et ravagée. D'ordinaire, le temps ou la maladie peuvent seuls produire ces terribles transformations.

Il avait l'œil hagard et creux, le front ridé, les lèvres rentrées. Sa pauvre poitrine maigre haletait. Sa bouche s'agitait convulsivement sans produire aucun son.

Il resta un instant ainsi, hébété et comme anéanti ; puis il se dirigea d'un pas saccadé, chancelant, mourant, on peut le dire, vers la porte de la chambrette où Lily couchait.

Il entra. Il tâta le lit. Il revint. C'était un fantôme.

Au seuil, il s'arrêta comme un homme ivre qui cherche à s'orienter. D'une main, il s'appuya au chambranle, tandis qu'il passait l'autre sur son front, lentement et à plusieurs reprises.

Il dit d'une voix qui aurait tiré des larmes :

— J'ai l'habitude de ne jamais exagérer... Oh ! oh ! mon Dieu !... ayez pitié de moi !... Allons, du calme !... j'ai l'habitude de voir les choses telles qu'elles sont... J'en mourrai !... Voyons !... je raisonne froidement.

Tout son corps trembla. Il poussa un cri déchirant.

— Ma femme !... ma fille !...

Puis, les deux bras levés, avec un sarcasme désespéré :

— Ah ! elles me l'ont donnée, ma surprise !

II

— Horrible découverte —

M. Martin s'était affaissé auprès de la
table à thé, dans le fauteuil où sa femme
était assise naguère. Son regard allait des
rideaux écartés de l'alcôve à la porte ouverte du cabinet. Il y avait de grosses
larmes sur sa joue.

— Le lit de Rose n'est pas défait, murmura-t-il; le lit de ma fille n'est pas défait... Quand j'écoutais leurs pas, elles
préparaient leur fuite; j'ai entendu le roulement de la voiture qui les a emportées.

j'aimerais mieux qu'elles fussent mortes !

Il s'interrompit, effrayé de ce mot.

— Non... oh ! non ! se reprit-il ; ne m'écoutez pas, Seigneur Dieu ! Ce n'est pas ma coutume de tomber ainsi dans l'exagération... mais c'est que ma tête est bien faible... Je vais faire effort pour recouvrer mon calme... la raison va présider... — La raison, s'écria-t-il avec un subit accès de rage ; osez-vous bien me parler de raison, à moi !... Quelle raison pouvait prévoir ce qui m'arrive ? A quoi sert la raison ? La raison est une folle... ma femme ! ma fille ! Rose ! Lily ! J'avais mis tout mon bonheur là dedans !... et tout mon espoir... Cela n'est-il pas raisonnable ? Se marie-t-on pour autre chose ?... Oh ! je les aimais !... Est-ce que je peux dire comme je les aimais ? Il y a dix minutes, je ne le savais pas moi-même... Il faut percer un cœur pour le bien voir à nu... Ma femme !...

on se moquait de nous! nous étions des amoureux... ma fille... Lily! dont je n'ai jamais su prononcer le nom sans sourire... Toutes deux... toutes deux à la fois!... me voilà seul... me voilà brisé... Parlez-moi de raison!... Je ne connais plus la raison!... je la renie, je la hais, je la méprise!

Il paraît que les déclamations sont un dérivatif et font du bien. M. Martin, à la fin de ce discours, se sentit un peu soulagé.

Il repoussa la tasse vide et froide de sa femme, qui était en face de lui, et s'accouda sur la table.

Tout à coup, sa tête se redressa. Ses sourcils se froncèrent. Il saisit brusquement la bougie et s'élança dans le couloir conduisant à la cuisine.

— Ce serait horrible! murmura-t-il, horrible gratuitement!... Que pourraient-elles faire de cette faible créature?

Dans le couloir s'ouvrait une petite
porte qui donnait dans la chambre basse
où la Comtoise avait son lit auprès du
berceau de Stanislas Martin, dernier né
de Rose. M. Martin tomba comme une
bombe dans ce réduit. Du premier coup
d'œil, il reconnut que l'héritier n'avait
pas été enlevé.

Stanislas dormait. Ce n'était pas un joli
enfant ; il ressemblait plutôt à monsieur
qu'à madame, et sa bouche, mince, taillée
comme avec un sabre, semblait fendue
tout exprès pour dire : MOI, cet odieux
monosyllabe qui caractérise la maladie
des enfants, grands et petits.

On devinait déjà qu'il détesterait un
jour l'exagération et qu'il retrouverait le
gypsium, si, par malheur, ce métal nou-
veau-né périssait dans l'oubli.

Stanislas dormait. M. Martin le contem-
pla d'un œil mouillé de larmes. A notre

goût, rien n'est attendrissant comme la fable où le hibou s'extasie de bonne foi sur la beauté de ses petits. Toute la famille est là dedans.

— Dors, mon enfant! dit M. Martin prenant pour la première fois depuis son malheur une pose quelque peu théâtrale; tu es mon dernier bien... Je fais serment de reporter sur toi tout l'amour dont je comblais ces ingrates créatures...

Il s'interrompit pour prendre son foulard, qui était dans la poche de sa robe de chambre.

A l'aide de son foulard, il se boucha le nez, en jetant un regard irrité vers le lit intact de Caro.

— Ces filles ont de l'odeur, murmura-t-il. Je veux que Stanislas ait une autre chambre. Il y a maintenant de la place, ajouta-t-il avec un soupir; — nous serons grandement logés!

Il se pencha au-dessus du berceau, et baisa le front de Stanislas, qui gronda.

M. Martin reprit, tout pensif, le chemin de sa chambre à coucher. En route, il se disait assez tranquillement, car il y a toujours des temps d'arrêt dans les grandes crises de l'âme :

— C'est bien étonnant, qu'elle ait abandonné son fils! Elle adore cet enfant-là ; du moins, elle l'adorait... mais que voulez-vous! les femmes...

Puis, revenant à son emphase favorite :

— Bien fou qui penserait sonder l'abîme sans fond de leur cœur! — Mais, voyons, s'interrompit-il d'un ton rassis et persuasif à la fois ; — je pardonne à mon premier mouvement de fièvre. Il est excusable. L'homme le plus solide, moralement parlant, est incapable de résister à certains coups... seulement, il se remet plus vite que le vulgaire. Je suis remis. Le calme renaît en moi, du sein de ma tristesse. Je veux raisonner ma situation : je le veux... Partons d'un principe : l'exagération mène tout droit à l'erreur. Ce qui fait ma supériorité, c'est ma logique rigoureuse et implacable... Eh bien, je m'adresse à ma logique. Il y a des choses radicalement impossibles, absurdes, invraisemblables... des contes à dormir debout... des mensonges patents... Je ne sais pas de conte plus hardiment imposteur que l'événement de cette nuit... Je connais ma femme : vingt-cinq ans de candeur... je connais ma fille : un ange... On ne tombe pas comme cela tout d'un coup : chaque crise a ses prodromes; chaque chute a ses avant-coureurs... que diable !

Mais ses yeux, qui se ranimaient, tombèrent sur l'alcôve.

— Insensé! insensé! fit-il, — rendu à

tout son désespoir, — qu'est la logique contre un fait?... Elle n'ont pas pu partir, dis-tu? Elles sont parties toutes deux!...je vois d'ici les lits... J'ai perdu ma femme! j'ai perdu ma fille!

Il se jeta, de son haut, dans un fauteuil où il demeura immobile et sans voix. Le fauteuil était auprès de la petite table-bureau où madame Martin faisait sa correspondance. Sa tête était vide. Il lui passait de vagues idées qui secouaient un instant sa torpeur. S'il était permis d'employer un mot pareil pour caractériser l'état actuel de cet esprit si rigoureux, si précis, si infaillible, nous dirions qu'il rêvait.

Nous ajouterions que sa conviction était loin d'être nette et solide, comme ses paroles paraissaient l'affirmer. Le doute voulait entrer en lui. Il employait ce qu'il avait encore de force morale à repousser ce leurre. Mais le doute revenait toujours.

Le doute cherchait où s'asseoir. Il prenait des voix détournées. Par moments, il rencontrait juste. Alors, M. Martin, ranimé tout à coup, se lançait dans la voie indiquée, où l'arrêtait net et court cette implacable barrière qui s'appelle l'évidence.

Vous l'eussiez entendu murmurer des choses comme celles-ci :

— C'est pourtant la vérité... Dans toutes les histoires qu'on raconte, celles qui s'en vont laissent une lettre, un billet, un mot... L'habitude est constante; elle a sa source dans la nature même... Chaque faute éprouve le besoin de l'excuse... on écrit quelques paroles d'explication ou d'adieu... et, certes, Rose était à cheval sur les convenances !... Elles n'ont rien laissé... pas même un pauvre papier où Lily me fasse l'aumône d'un dernier baiser... Voilà un fait...

Ses yeux s'éclairaient. Toute sa figure s'illuminait aux lueurs d'un espoir soudainement grandi.

Puis il retombait au plus bas de ses découragements.

— Écoutez, Rose... ma femme, ma bonne grosse femme! écoute, Lily, ma petite fille chérie!... vous êtes peut-être là, cachées quelque part... vous avez voulu me faire une niche... on joue ainsi quelquefois, les jours de fête... Êtes-vous-là? Répondez-moi... Rien qu'un petit éclat de rire pour me rendre le cœur... Vous voyez bien : je suis tout malade... Si vous êtes là, par pitié, finissez... c'est un jeu cruel, mes enfants... Me voilà qui vieillis, pensez donc! je crois que je ne sais plus rire !

Sa voix avait des accents suppliants.

Il attendait, il écoutait. Le lourd silence des nuits l'entourait. Au bout de quelques minutes, il fit effort pour secouer la torpeur qui s'emparait de lui.

— Je perds la tête, s'écria-t-il ; c'est manifeste !... A-t-on vu parler ainsi à des absents ?... Mes ennemis voudraient bien me voir réduit à cet état humiliant... mais, un instant !... La vigueur native de mon caractère reprendra le dessus. La science ! voilà mon égide et mon refuge !... Je m'abriterai derrière mes travaux, comme le plus jeune fils de Télamon derrière le bouclier d'Ajax... Je suis familiarisé avec la solitude... ma maison ne sera jamais plus déserte que les forêts où se passe toute ma vie... J'élèverai mon fils, et, par un pieux mensonge, je lui apprendrai à respecter le nom de sa mère !...

Il était bon et noble de cœur, ce pauvre M. Martin ; mais sa vertu n'était point l'humilité chrétienne, car il ajouta complaisamment :

— Voilà de la grandeur d'âme, ou je ne m'y connais pas !

Un peu réconforté par cette justice qu'il se rendait à lui-même, M. Martin respira.

— J'ai eu un moment de faiblesse, se dit-il, je ne cherche pas à le nier ; mais il a été court... et peu de personnes auraient pris le dessus aussi rapidement que moi... Cela tient au sang-froid que je possède à un si haut degré... Je souffre, mais je suis calme... mon esprit a toute sa liberté... Je puis dresser, d'une conscience ferme, le bilan de ma situation... Voyons d'abord si les deux fugitives n'ont rien laissé derrière elles... et que cet examen soit fait avec soin.

Cet examen fut fait surtout avec terreur. Ce bon M. Martin craignait mortellement de trouver un indice. Malgré le

calme dont il se vantait, malgré sa force
d'âme, la vue de tout chiffon de papier lui
causait un douloureux tressaillement.

Il visita les meubles les uns après les
autres. Quand il revint auprès de la table
à ouvrage, il dit froidement :

— Rien !... elles n'ont même pas daigné
m'adresser deux lignes... Tant mieux !...
ces procédés contribuent à détacher...
Reste encore pourtant le tiroir de ce bureau... C'est moi qui le lui ai donné... la
cinquième année de notre mariage... elle
en mourait d'envie... Voyons, ce n'est pas
une indiscrétion... Il faut les circonstances
actuelles pour me porter à cet acte... Jamais, non, jamais je n'ai cherché à sur-
prendre les secrets de ma femme.

Sa main caressait le bouton du tiroir;
car, même en cet instant, l'espoir te-
nace survivait. M. Martin se mentait à lui-
même; ce n'était pas un adieu qu'il pour-

suivait, c'était une explication, une preuve
d'innocence, que sais-je?...

Il ouvrit.

Le tiroir était plein de papiers en désor-
dre. La plupart de ces papiers étaient des
lettres. M. Martin en prit quelques-unes
au hasard. Il y en avait trois. Il n'eut besoin que d'un coup d'œil pour reconnaître
l'écriture des adresses.

— Les trois lettres que je lui ai écrites
pendant mon dernier voyage en Cham-
pagne, dit-il; le papier en est fatigué; on
voit qu'elles ont été lues et relues... Elle
m'écrivit cinq fois contre moi trois... Et
comme les réponses étaient tendres et
bonnes!... Moi, je ne les ai pas gardées.

Il étouffa un gros soupir. Il semblait
qu'il fît effort pour chasser une pensée
importune.

— Non! s'écria-t-il enfin; il ne faut pas
biaiser...j'ai eu des torts... trop de bonheur

engourdit l'affection. Il est certain que je
n'ai pas montré toujours cette galanterie
empressée. Il y a bien de la différence
entre les hommes et les femmes ; il y en a
trop... Elles arrivent pures et toutes neuves
dans la demeure conjugale, où nous les
recevons, nous, blasés déjà que nous
sommes sur toutes les affections et sur
tous les plaisirs... Nous ne leur rendons
jamais tout ce qu'elles nous donnent...
bien plus !...

Il s'arrêta et passa brusquement sa main
dans ses cheveux.

— Ceci, reprit-il, est le comble de la
stupidité... Tout homme est don Juan
pour un peu... Dans l'intimité, on se
livre... Il n'y a guère de maris qui n'aient
conté à leur femme, pour la divertir,
quelques fredaines de jeunesse... dans ces
fredaines, il y a parfois des maris... d'autres maris... Moi, à cause même de la ré-

serve qui fait le fond de ma nature, j'ai
été sobre de ces anecdotes... très-sobre...
mais il m'est arrivé cependant de parler,.. j'ai fait rire ma femme avec M. Grandin, le mari de Céleste... Je vois aujour-
d'hui M. Grandin sous un nouvel aspect...
Céleste ne m'inspire plus que du mépris...
Comme elle valsait!... Et M. Grandin avec
ses lunettes!...

Le sourire fut sur le point de naître,
mais il avorta.

— C'est profondément idiot! reprit
M. Martin; aller raconter ces excentricités
à sa compagne légitime! à la mère de ses
enfants!... Je me souviens que Rose écoutait cela non sans un certain plaisir... Les
femmes sont curieuses... je dis les plus
honnêtes... et la curiosité est un sentiment bien dangereux... Voilà pourtant
comme les idées changent avec le point
de vue... Je me fais pitié dans ce rôle!...

J'aurais mérité un bon coup d'épée... ou mieux, une volée de coups de canne... Papa Grandin avait une canne; je ne lui ai jamais connu d'épée... Quant à Céleste, c'était tout simplement une effrontée... elle doit courir sur ses soixante ans...

Il secoua la tête d'un air pensif et prit un autre paquet de papiers, en disant :

— Ce sont des maladresses... au bas mot... On s'en mord les doigts... Malheur au mari qui sème le vent sur le terrain conjugal, il est sûr de récolter la tempête !
— Une page d'écriture de Stanislas, s'interrompit-il; des bâtons... c'est de son âge... âge heureux ! Pour un marmot de quatre ans et demi, ces bâtons ont de la tournure... Moi, j'ai commencé à épeler à trois ans et cinq mois... j'étais étonnamment précoce... preuve que la précocité n'est pas un funeste présage... Une recette pour faire l'encaustique et mettre les ap-

partements en couleur... une note acquit-
tée de la corsetière... un, deux, quatre,
sept, douze numéros de fiacre!

Ses sourcils se rapprochèrent.

— Je n'aime pas ce symptôme, dit-il;
Rose ne me parlait jamais que d'omni-
bus...

— Après cela, se reprit-il, ce meuble est
là depuis vingt ans... Douze courses... ce
n'est pas exagéré.

Il ferma le premier tiroir et ouvrit le
second.

— Le tiroir de Lily!... Si j'ai quelques
reproches légers à me faire au sujet de ma
femme, pensa M. Martin, ici, du moins, je
suis blanc comme neige... Pauvre ange!...
Il n'y a point de papiers dans son tiroir...
Ah! si fait!... du papier à papillotes... Et
ce paquet?... Une broderie... une chance-
lière... j'en avais témoigné le désir... mon
chiffre au milieu... c'était pour moi...

— Ah çà ! s'écria-t-il en se frappant le front, il faut donc que le démon les ait tentées bien à l'improviste !... C'est à n'y pas croire !... je dirai même que, à bien réfléchir...

Il n'acheva pas. Tout en parlant, il avait fermé le second tiroir et ouvert le troisième, qui était le dernier.

A peine eut-il jeté les yeux à l'intérieur de ce troisième tiroir, qu'il poussa un cri étouffé.

Il recula comme on fait à la vue d'un serpent.

La figure de Robinson Crusoé, rencontrant sur le sable une empreinte humaine, ne dut pas exprimer plus d'étonnement.

Elle dut exprimer beaucoup moins d'horreur.

Le troisième tiroir contenait aussi des lettres.

L'œil de M. Martin, fixe et démesurément ouvert, couvait une de ces lettres et
ne s'en détachait point.

La première parole qui sortit de sa
gorge en sifflant, fut celle-ci :

— Elle était en correspondance avec
lui, l'infâme !

Puis il répéta, le front injecté, les
veines gonflées :

— L'infâme ! l'infâme !

Il saisit la lettre d'un geste convulsif.

— Bonnard ! râla-t-il ; l'écriture de Bonnard ! une lettre de Bonnard !... dans le
tiroir de madame Martin !... — Eh bien,
s'interrompit-il, vous attendiez-vous à
cela ?... Sans rien exagérer, était-ce un
événement à ranger dans les catégories du
possible ?... Ces choses arrivent-elles à
d'autres qu'à moi ?... Je suis calme, j'en
fais serment, et cela m'étonne... Ces catastrophes me donnent la mesure de ma

force morale... j'ai grandi positivement
dans l'adversité... — C'est égal! gronda-
t-il en fermant les poings, ceci dépasse
les bornes!... Mais voyons un peu jusqu'où vont la perversité de l'un, la honte
de l'autre et mon propre malheur !

Il déplia la lettre, qu'il avait terriblement
chiffonnée, malgré ces éloges décernés à
sa tranquillité ; il la repassa sur son ge-
nou, et lut au travers d'une série d'éblouis-
sements :

« Ma bonne Rose... »

— Ne vous gênez pas! grinça-t-il en
ricanant; voilà où ils en étaient!... Ma
bonne Rose!...

— Après cela, réfléchit-il d'un sens soudainement radouci, — je crois qu'il l'a
toujours appelée ainsi par son nom de
baptême... Voilà bien une preuve de ma
prodigieuse liberté d'esprit!... En face de pa-

reils ébranlements, je trouve le moyen de raisonner froidement... Je suis dans une passe où les neuf dixièmes des époux se laisseraient aller aux plus extravagantes exagérations... moi, pas du tout !... je constate un fait : il avait l'habitude de l'appeler par son nom... En tous cas, je trouve cela très-mauvais... c'est une inconvenance, et même une anomalie : on ne devrait jamais tolérer ces familiarités...

Tandis qu'il bavardait ainsi, allongeant les prolixités de son verbiage ordinaire, il lissait la lettre sur le coin de la table. Il prenait évidemment son temps ; il cherchait des chemins détournés pour arriver le plus tard possible au corps de la missive. La découverte au seuil de laquelle il frappait lui faisait peur. Ses ambages étaient pure poltronnerie.

Il reprit enfin la lettre et lut de nouveau : « Ma bonne Rose... »

— L'odieux personnage!... Tout ce que
ait cet être-là me choque et me déplaît!...
C'est qu'il n'y a pas à dire! j'avais comme
un pressentiment... ma nature est réservée
mais bienveillante... si je l'ai pris en
grippe, il fallait bien qu'il y eût pour cela
une raison valable...

« Ma bonne Rose, tout est fini de notre
côté. Notre tâche est terminée, c'est à
vous d'agir. Il ne peut plus être question
de remettre au lendemain, c'est vous que
nous voulons... »

Les yeux de M. Martin se troublaient. Il
avait le vertige.

— Remettre quoi?... se demanda-t-il. —
Que signifient ces mystérieuses paroles?...
Tentateur! tentateur! quel prétexte l'enfer
te fournissait-il pour les pousser vers le
bord de l'abîme?

Il s'interrompit pour prendre un petit

miroir à main qui était sur le bureau
Avant de se regarder, il dit :

— Je dois être effrayant à voir !

Il se regarda et répéta :

— Je suis effrayant !... Les caractères de
ma physionomie sont changés sensible-
ment... j'ai du tigre dans le regard... Ils
feront de moi une bête féroce !

Il lança le miroir à la volée, mais il le
releva pour voir s'il n'était point cassé.

— Je parlais du démon tout à l'heure !...
poursuivit-il en posant le miroir avec
beaucoup plus de précautions ; — je parlais du démon tentateur !... C'est Bonnard
qui est le démon... J'éprouve un sentiment
très-pénible en songeant que mon Stanislas — pauvre ange ! — est le filleul de
cet homme !...

— Puérils regrets ! déclama-t-il sur le
mode de la mélancolie résignée ; — j'ai ouvert ma demeure à la trahison... j'ai per-

ais au loup d'entrer dans la bergerie...
urais-je dû oublier qu'à l'époque de mon
mariage, Bonnard était l'un des préten-
ants de Rose... qu'il lui adressait des
ers... détestables et même boiteux?... Je
emportai sur lui. Aurais-je pu penser
amais qu'un jour viendrait où je regret-
erais ma victoire?... Ce jour est venu! Le
andeau qui couvrait ma vue est tombé;
nes yeux se dessillent... et qui sait si ma
récente clairvoyance n'aura pas des effets
rétroactifs... J'étais aveugle... je l'ai tou-
ours été... Qui sait si mon malheur ne
remonte pas à des années?...

La défaillance le prit à ce poignant
soupçon.

— La date! murmura-t-il d'une voix
changée; — avant tout, voyons la date!...

Il rapprocha le papier de ses yeux. L'é-
criture dansa au-devant de sa vue.

— « 28 avril, » lut-il enfin. — C'est d'a-

vant-hier... c'est tout récent... Ah! tu as
terni vingt-cinq années d'innocence...
vingt-cinq ans pleins!... notre mariage
eut lieu le 14 avril... quinze jours en plus
des vingt-cinq ans révolus!C'estignoble!...
mais tremble, je t'y engage!... Désormais,
je n'ai plus qu'un seul but : la vengeance...
Mais n'anticipons pas! ne mêlons rien!
la précipitation gâte tout... Nous allons
traiter cette question de vengeance *in
extenso*...achevonslalettre!«Alexandre...»
—Bien! bien! voici maintenant M. Alexandre!... — « Alexandre a vu Lily... » —
Et c'est à la mère qu'il dit cela!... Ma-
ternité! fonction sainte, candide et doux
sacerdoce! notre siècle verra-t-il aussi ta
chute?... Ils sont d'accord! Pitié!... voyez
vous cela! ils sont d'accord! c'est ma foi
bien heureux!... Alors la mère favorisait
le commerce! c'était le crime en partie
double! J'avoue franchement, et la main

sur la conscience, que je n'aurais même
pas soupçonné ce comble de la dégrada-
tion humaine ! « Notre chère petite Lily a
dû tout vous expliquer... » — De plus fort
en plus fort !... Ah çà ! suis-je le jouet
d'un cauchemar ?... Ceci franchit tellement
les limites du possible...

Il se frotta les yeux de bonne foi et vit
bien qu'il était éveillé.

— Plût à Dieu que je fisse un mauvais
rêve ! s'écria-t-il ; mais non !... Je reste
tout uniment confondu devant ce déplo-
rable excès de perversité !... prendre pour
intermédiaire une jeune fille... sa propre
fille !... se servir d'une enfant !... Allons
jusqu'au bout... Il ne m'est jamais arrivé
de manquer de force... épuisons le calice !
« .... A dû tout vous dire... Il faut *absolu-
ment...* » — le mot est souligné —« ... *Ab-
solument* que vous vous teniez prêtes après-
demain à huit heures précises du soir... »

— C'est aujourd'hui... elles étaient prêtes... Lily était coiffée... ma venue a déconcerté un instant leurs projets... l'exécution a seulement été retardée de quelques heures... «.... Précises du soir... Nous serons en bas avec une voiture et de bons chevaux... » — Ils y étaient, les misérables !... Ils m'ont serré la main tous les deux !... Et moi qui les ai invités à monter !... Ils n'avaient garde ! Et moi qui n'ai rien vu ! se reprit-il avec colère contre lui-même, rien deviné ! Ils ont dû rire !...

Cette pensée le piqua au cœur. Mais il avait le baume qu'il fallait à cette blessure.

— Non, dit-il en étendant la main comme pour repousser un injuste reproche du haut de sa dignité, non !... cela est bien vrai, je n'ai rien vu, rien deviné ; moi, je ne vois pas les infamies ; moi, je

ne devine pas ces effroyables hontes...
cela me fait honneur... Du fond de mes
angoisses paternelles et conjugales. Bonnard, je te domine... Bonnard, au milieu
de mon martyre, je te crie : Je ne change-
rais pas de place avec toi !

Ayant prononcé ces paroles d'un ton
ferme, M. Martin continua sa lecture. Il se
croyait désormais cuirassé contre toute
émotion nouvelle.

« .... Et de bons chevaux... Nous vous
enlevons toutes deux, et fouette, cocher ! »
A la bonne heure, le mot est dit : « Nous
vous enlevons !... » Cette lettre serait une
arme terrible devant les tribunaux ! « ... Ce
sera précisément la veille de la Saint-
Philippe... » Ah ! ah !... « .... Sa fête... et
cela ne peut mieux tomber, puisqu'il aime
les surprises. »

C'était signé : STANISLAS BONNARD en
toutes lettres.

M. Martin ferma les yeux. Il devint vert. Cette allusion aux surprises allait fouiller sa plaie vive.

Son poing menaça le vide, et il dit en jetant la lettre sous ses pieds :

— Monsieur Bonnard, vous êtes un mal appris !... un scélérat !... un imbécile !... un lâche !... Monsieur Bonnard, j'irai vous attendre sur la place publique pour vous cracher au visage !... un homme de cinquante-trois ans, veuf et père de famille !... Monsieur Bonnard, je vous démasquerai, je vous déshonorerai, je vous tuerai !...

La voix lui manqua. Il se renversa sur son fauteuil, tremblant, écumant et à demi suffoqué.

III

— Noble vengeance —

Ces crises sont d'autant plus terribles chez les hommes froids et forts, qu'elles ne se manifestent qu'à la dernière extrémité. Il faut, pour désarçonner ainsi ces esprits vigoureux, que l'infortune dépasse en quelque sorte les frontières du possible.

L'éclair ne peut rien sur eux; ils gardent leur calme stoïque en face des éclats du tonnerre; mais qui peut résister au fatal attouchement de la foudre?

Du moins, la foudre les frappe-t-elle

debout. — Hélas! ils n'en tombent que de plus haut.

Tel était M. Martin, que nous n'hésitons pas à désigner comme un des plus robustes types du monde moderne. Il avait tout : science, sagesse, coup d'œil, logique. La haine qu'il nourrissait contre ce travers des esprits vulgaires : l'exagération, le mettait en quelque sorte à l'abri de toute erreur.

Il avait des motifs légitimes de se croire infaillible. Il n'avait pas de prétexte pour être modeste. Il ne l'était pas; il aurait eu tort de l'être.

Dans ce récit, nous ne prenons pas souvent la parole ; nous la laissons à M. Martin, à cause de l'habitude invétérée qu'il avait de se livrer au monologue. L'art du monologue n'avait pas de secrets pour lui. Dans sa bouche, le monologue prenait l'importance d'une conversation, d'un récit, d'une prosopopée : M. Martin était le dernier classique.

Ce n'est pas sans orgueil que nous présentons au lecteur cette belle tête d'habitant de Ville-d'Avray. Malheur à ceux qui chercheront le ridicule en cet homme : ceux-là ne seront pas dignes d'apprécier la fière et tranquille saveur qui se dégage de ce caractère; ceux-là seront des hommes d'imagination, incapables de s'élever jusqu'aux splendeurs du monologue à jet continu.

Cette églogue est écrite pour les pères de famille domiciliés dans la banlieue de Paris. Que d'autres se livrent au roman échevelé. M. Martin le méprise!

M. Martin, ayant cédé à l'indignation qui le transportait, comme nous avons pu le voir à la fin du précédent chapitre, demeura un instant tout honteux. La réaction se faisait en lui peu à peu. Il blâmait déjà les emportements de cette colère que bien des gens, cependant, trouveront légitimes. Dans ces moments suprêmes, on a besoin de sa conscience. C'est le dernier appui. M. Martin, mécontent de lui-même, tomba dans un accablement profond.

Il avait été trop loin dans ses invectives adressées à Bonnard absent.

Il avait employé des mots trop crus et de mauvaise compagnie.

Mais ce chagrin philosophique devait disparaître, comme on le pense bien, au milieu de la grande tempête soulevée dans son âme. Il était en proie à une douleur immense et sourde qui pesait sur lui jusqu'à l'écraser. Parfois, des chocs lancinants traversaient et poignardaient cette agonie.

On eût pu distinguer pourtant l'effort héroïque qu'il tentait pour élucider sa pensée, pour la ramener d'autorité à ce diapason de noblesse et de calme qui était sa vraie supériorité.

Il avait déjà dit deux ou trois fois entre ses dents : « Gardons-nous de rien exagérer ! Ne faisons pas de poésie ! Dégageons la réalité de toutes les brumes qui la sophistiquent et la déguisent. »

C'était un bon symptôme.

Malheureusement, la réalité, cette fois, ne pouvait guère être enlaidie par un déguisement quelconque.

M. Martin reprit la parole en ces termes :

— J'ai beaucoup lu dans ma jeunesse... des ouvrages historiques et même des fictions... Je ne me souviens pas d'avoir jamais rien trouvé de comparable à ma situation actuelle... Je tombe du faîte même de la félicité dans un véritable abîme de détresse... Ceci est un fait accompli... acceptons-le avec courage.

Il repoussa du pied la lettre et mit ses deux mains croisées sur ses genoux.

— Conserver un doute, poursuivit-il, ce serait positivement de l'aveuglement. La certitude m'entoure de tous côtés et les accable... il y a même des circonstances très-aggravantes. Je fais allusion ici à la préméditation. C'était prémédité... J'ajoute qu'elles m'ont percé le cœur en raillant ; le poison qu'elles m'ont servi était assaisonné de sarcasme... on ressassait d'avance cette infâme plaisanterie : « M. Martin est friand de surprises. » On le trouvait fort ridicule, ce bon M. Martin !...

« On racontait sans doute les joies de ce bon M. Martin quand il recevait les cadeaux du jour de sa fête... Et l'on choisissait précisément ce jour, le jour de sa fête, pour lui retourner le poignard dans le sein !

« Oh ! certes, s'interrompit-il, un homme adonné aux rêves et à toutes les bizarreries de l'invention broderait ce thème à l'infini... Il se représenterait leurs rendez-vous, leurs conciliabules... Il entendrait leurs éclats de rire moqueurs au seul nom de ce bon M. Martin, le mari, l'être ridicule, le personnage sacrifié de toutes leurs banales comédies... Moi, je m'arrête juste à temps... je vois ce qui est... je ne porte pas même mon regard au delà.

Un gros soupir souleva sa poitrine et il dit avec un gémissement :

— Ce qui est me suffit, mon Dieu !... — Mais, se reprit-il aussitôt en secouant la masse de ses cheveux gris, comment cet excès de cruauté n'a-t-il pas révolté Rose?... Pourquoi tomber si bas et comme à plaisir?... Rose !... Lily !... Lily surtout, ma petite Lily !...

Sa voix s'étouffa. Il essuya une larme en continuant :

— Lily, mon amour chéri... front d'ange... sourire des vierges du ciel!... Rose! ma foi! ma tranquillité! la paix de mes vieux jours!

» Eh bien, je vais vous le dire, moi, s'écria-t-il en fermant les poings, pourquoi elles sont tombées si bas et du premier coup!... C'est qu'il y a dans toute chute une attraction fatale... Les vérités physiques vont aux choses de l'âme... plus elles étaient pures, plus elles devaient...

Il s'arrêta et haussa les épaules avec pitié.

— Système! murmura-t-il, sottises!... Je tuerai ce misérable Bonnard... c'est un droit, c'est un devoir! Je le tuerai!... oui!... Est-ce qu'on croit que je ne suis pas capable de le tuer?

Il se leva de son haut. Ses yeux brillaient; ses narines s'enflaient.

— Et je lui dirai : « Coquin ! voilà l'envers de ta surprise ! »

M. Martin, nous le savons, ne restait jamais longtemps dans ces gammes violentes. Il fit dans la chambre quelques pas chancelants. Il réfléchissait.

— Tuer Bonnard !... murmura-t-il ; un meurtre !... N'exagérons rien, au nom du ciel !... Bonnard est un ancien duelliste... il a encore bon pied, bon œil... ce serait lui plutôt qui me tuerait...

Il eut un sourire sinistre.

— Je préférerais cela... oui... ce serait un raffinement... Comme elles seraient punies !... Mais, s'il allait m'épargner ?... Il est sûr qu'il m'épargnerait ; c'est la marche ordinaire : on se donne les gants d'avoir eu compassion du mari...

« Et pourtant, se reprit-il avec une

soudaine fureur, il faut du sang! il en faut!

Son cerveau s'échauffait. Son pas s'affermissait; il arpentait maintenant le parquet à grandes enjambées.

— Il y a un moyen, dit-il tout à coup en s'arrêtant devant la glace, selon son habitude favorite; ce serait leur porter à tous une botte terrible!... Ah! ah!... nous les tenons, cette fois! ils ne peuvent pas nous échapper... Je me rends à la porte du jardin, sur la rue... je tiens dans ma main crispée cette lettre, tissu d'ignominies (il ramassa la lettre et la froissa dans sa main gauche)... de mon autre main, je me fais sauter la cervelle d'un coup de pistolet... Je tombe à la renverse sur le seuil, et je reste là, mort... Au point du jour, les passants me trouvent et s'écrient: « On a assassiné M. Martin comme il rentrait chez lui...» On s'approche, on aperçoit

la lettre; on en prend connaissance...
Péripétie!... M. Martin n'a pas été assassiné, M. Martin s'est suicidé... lui, M. Martin! un homme si froid! si étranger aux
entraînements de la passion! Et pourquoi?
Parce que sa femme le trompait, parce que
sa fille le trompait, parce que les Bonnard, ses meilleurs amis, le trahissaient
indignement... Voyez ce message révéla-
teur!...

» Et la nouvelle se propage! continua
le naturaliste en se frottant, ma foi, les
mains d'assez bon cœur; et tout Ville-
d'Avray s'ameute... « Eh quoi! madame
Martin!... Eh quoi! la jeune demoiselle
Martin!... Et ces Bonnard!... Ah! ces Bonnard!... ah! ces Bonnard!... » On ne rira
plus, savez-vous!... Il n'y a pas de danger
qu'on rie!... Les sarcasmes de la foule
se taisent toujours devant un cadavre...
Quand il y a du sang sous l'adultère, le

mari cesse d'être ridicule, et le monde se charge aussitôt de le venger... Il est bien temps!... Enfin, n'importe!... J'ai trouvé mon moyen, je vais chercher mes pistolets.

Il s'élança vers sa chambre, leste comme un jeune homme. Il disparut derrière la porte demi-fermée. On eût pu l'entendre qui disait :

— Mes pistolets sont toujours chargés, crainte des voleurs ou des chiens atteints de la rage...

Il resta une minute dans sa chambre ; puis vous l'eussiez vu reparaître, austère et roide, les mains croisées derrière le dos.

Il n'avait pas ses pistolets.

— J'ai réfléchi, dit-il fièrement ; en quelques secondes, je sais calmer, par ma seule volonté, l'effervescence de la fièvre... Ce projet était une utopie... Je rougis d'en avoir eu seulement l'idée... Ce projet était

radicalement indigne de moi ; il donnait
un démenti pénible à mes mœurs, à mes
habitudes, à mon caractère, à moi tout
entier... Le nom de Martin n'est pas prin-
cier... je ne me fais à cet égard aucune
illusion ; mais ceux qui me l'ont transmis
le portaient honnêtement.... Sans tomber
dans cette puérilité qui consiste à conduire en espalier les branches d'un arbre
généalogique, je peux dire qu'il y a eu
des Martin bien posés dans le commerce
et même dans la magistrature... Mon père
était un homme de cœur. Je ne veux pas
déshonorer le nom de mon père.

Ces derniers mots furent prononcés
sans emphase ; ils étaient l'expression
simple d'un sentiment profond et vrai.

Mais M. Martin, ennemi implacable de
l'imagination, de la poésie, etc..., ne pouvait se priver longtemps des innocentes
consolations de la mise en scène.

Il se campa noblement et regarda le plafond.

— Du haut du ciel, mon père, reprit-il avec une lenteur pleine de recueillement, ton œil est fixé sur moi, tu me contemples. Je ne crains pas tes regards. Si, tout à l'heure, j'ai commis cette faute de me laisser aller à des pensées entachées de romanesque exagération, conviens que la circonstance y prêtait. Nous avons beau nous targuer superbement de notre philosophie, nous restons hommes, en définitive, et sujets à toutes les faiblesses de l'humanité... Une fois n'est pas coutume... En examinant la série déjà longue de mes jours, c'est à peine si je rencontre deux ou trois de ces défaillances... Encore furent-elles motivées par des conjonctures exceptionnelles... Celle-ci sera la dernière : j'en prends l'engagement formel... Je ne peux plus supporter la vie, c'est clair.

L'idée seule de passer sous les fenêtres
de madame Albert de Lustrac, ou de croi-
ser M. Durand de Beaugency dans la rue,
me fait dresser les cheveux sur le crâne...
Il me semble que M. Picard de Lieusaint,
M. Giraud de Bonnefontaine et M. Bernard
de Pierrefonds savent déjà la douloureuse
catastrophe qui vient fondre sur moi. Je
n'oserais plus me montrer sur la place de
Ville-d'Avray. Il faut mourir... La question du suicide a été fort controversée...
Les anciens l'honoraient ; le christianisme
le réprouve... Mettant à part cette dispute
qui nous entraînerait trop loin, je sup-
pose la question jugée en faveur du suicide, et je dis : Que ma mort soit digne et
sage comme l'a été ma vie ! Que cet acte
important et solennel soit accompli froidement, sans passion, sans haine, sans
crainte ! Qu'on ne puisse pas crier :
« M. Martin a fait un coup de tête !... »

M. Martin, trahi dans ses affections les
plus chères, blessé dans ses plus pré-
cieuses croyances, et dérangé, en outre,
dans ses habitudes, se réfugie purement
et simplement au sein de l'éternité. Voilà !

Le bout de son doigt indicateur pointa
son front entre les deux sourcils. Il prit
cette attitude qui annonce la méditation
féconde.

— Mon plan vient ! poursuivit-il en
changeant de ton pour obéir aux règles
fondamentales de l'art du monologue ; —
je le sens naître en moi tout d'une pièce...
Il y a vraiment une sorte de jouissance
dans la gestation d'une grande idée, même
quand elle est triste, même quand elle est
mortelle ! Cette fois, la réflexion ne réfor-
mera pas mon plan : j'ai la conscience de
ceci... et je rends grâce au destin, qui
m'a donné la présence d'esprit nécessaire
pour créer, pour concevoir, pour combi-

ner, en présence de telles extrémités...
Qui donc ne s'étonnerait à bon droit en
mesurant la force de mon âme?

» Voici mon plan, s'interrompit-il, sauf
améliorations et perfectionnements... Je
ne suis pas de ceux qui refusent d'amen-
der un premier jet... Je puis avoir de l'orgueil... je n'ai pas de vanité... pas l'ombre!... Voici mon plan. Grâce à lui, je
disparaîtrai comme Empédocle, dont le
tombeau fut le cratère d'un volcan... Ma
fin restera un secret entre moi et les coupables qui m'ont été si chers... La curiosité
bavarde du monde n'aura rien à y voir...
Ce sera, dans toute la rigueur du terme,
un mystère de famille... Voici mon plan ;
il peut être déduit en deux mots, comme
toutes les choses grandes et simples : —Je
partirai d'ici sans rien dire, à la faveur
des ténèbres qui couvrent notre hémi-
sphère ; j'emporterai des moyens de des-

truction : une corde, un couteau-poignard,
du poison, ou mes pistolets, selon mes
penchants; je me rendrai dans quelque
forêt solitaire, soit que je choisisse Fausse-
Repose, théâtre de mes travaux scientifiques, soit que je franchisse la route de
Versailles et que j'aille jusqu'aux bois de
Meudon... Là, au fond d'un inextricable
fourré, loin du regard des hommes, je me
donnerai la mort d'une main ferme et
calme... Ce n'est pas tout. Avant de partir,
je ferai mon testament... et je me charge
de l'écrire avec de la bonne encre!... Mon
testament fait, je le mettrai sous enveloppe,
je le scellerai de mon cachet avec de la
cire noire... et je le laisserai sur cette
table, en évidence, revêtu de cette inscrip-
tion significative : *A madame veuve Martin, à Ville-d'Avray.*

Sa voix n'éprouva aucune altération
quand il prononça ce mot : « Madame veuve

Martin. » Il était tout entier à son idée. Il triomphait comme Archimède au sortir du bain. Il avait trouvé !

Il avait trouvé. Du haut de l'empyrée, feu M. Martin le père était témoin !

Il se redressa, dans sa juste fierté, et ne craignit pas de s'adresser à lui-même quelques sobres félicitations.

— Je suis content de moi, se dit-il ; c'est bien ! c'est fort ! Il y a autour de cette idée je ne sais quelle résignation calme et noble qui me plaît infiniment... Il fallait une nature comme la mienne pour résoudre ce problème, dont je ne me suis pas dissimulé un seul instant les difficultés... Le cas est exceptionnel ; il sort violemment des ornières tracées, et cependant, je ne voulais rien d'excentrique, rien de ce qu'ils appellent fantaisie ou originalité. Je hais ces platitudes comme la nature a horreur du vide !... J'espère

que ce n'est pas du roman, cela ! J'espère
que ce n'est pas de la poésie... quoique le
récit d'un événement aussi saisissant ne
doive pas manquer de charme pour certaines
imaginations... Les femmes, surtout,
s'intéresseront à cette anecdote éminemment
dramatique... Elles ne verront que
l'enveloppe... superficielles créatures !...
mais, au fond, si l'on considère la chose
d'un sens rassis, c'est bien parfaitement
le dernier acte d'un homme positif, courageux,
précis, logique, n'exagérant rien,
et sachant conserver son sang-froid au
milieu du plus épouvantable malheur qui
puisse accabler une créature humaine !

Il s'arrêta, satisfait de cette fin de période.
Puis, d'un air dédaigneux :

— Esprits faibles, continua-t-il, cherchez
là dedans une élégie ! Représentez-
vous l'ombre épaisse qui couvre de son
voile impénétrable le lieu où s'exhalera

mon dernier soupir. Voyez la branche verte et chargée de jeunes feuilles qui pliera sous le fardeau fatal... Placez là une pierre avec de la mousse, où je puisse m'agenouiller pour adresser au Seigneur ma suprême prière... Faites murmurer non loin de ce séjour une onde claire sur les cailloux luisants... Qu'on entende sous la voûte de feuillage la chanson brillante et mélancolique à la fois du rossignol... Qu'on respire l'âpre et doux parfum des grands bois... et que, là-bas, au travers du fourré, on voie un rayon de soleil se jouer sur le gazon velouté de la clairière...

» Mon Dieu, s'interrompit-il, j'aurais fabriqué ces fadaises tout aussi bien qu'un autre... Si je n'eusse pas emprisonné mon imagination dans une sorte de cilice austère, si je n'avais garrotté l'ardeur de mes impressions, si je n'avais jeté sur ma fougue intellectuelle le manteau glacé de

la raison, j'aurais été poëte, moi aussi...
et poëte bien étonnant ; car, malgré mon
âge et mes habitudes, je sens encore en
moi souvent la lyre d'Orphée qui veut
vibrer...

Il secoua la tête en riant avec dédain.

— Ces vibrations, continua-t-il, on les
étouffe. Orphée était un fainéant.

Son regard s'assombrit tout à coup pendant qu'il murmurait :

— Qu'y a-t-il au fond de cette fable,
Orphée allant chercher sa femme aux en-
fers ?...

Peut-être qu'une idée de rédemption
voulut naître en lui. Madame Martin était
un peu dans la position d'Eurydice.

Mais M. Martin tenait à son plan.

— Il n'y a rien, se répondit-il, rien que
de l'inanité, rien que du néant, rien que
de la poésie ! Ne perdons pas de temps à
rêver ainsi... Je remarque avec une sur-

prise mêlée de chagrin une certaine prédisposition qui me vient : c'est de laisser mon esprit errer à l'aventure... Serais-je comme ce captif du baron des Adrets ? me faudra-t-il prendre mon élan par trois fois ?... Fi donc ! je pense et j'espère qu'il suffira de ce seul avertissement pour m'empêcher de retomber dans le même travers !

On devine que ces dernières paroles furent prononcées de cet accent sévère qu'il faut pour donner à une semonce toute la portée désirable.

Nous renonçons à peindre la physionomie de M. Martin, exprimant à la fois l'importance hautaine du maître qui vient de se servir de la férule et l'humble docilité de l'élève corrigé.

M. Martin, pour ne plus perdre de temps, prit sur la tablette supérieure du bureau de sa femme une de ces jolies

boîtes en maroquin qu'on nomme des pa-
peteries, et qui contiennent tout ce qu'il
faut pour écrire.

Avant de l'ouvrir, il la tint un instant
entre ses mains.

— Le 18 juillet 1849, dit-il, je méditais
un voyage en Angleterre dans l'intérêt
exclusif de la science. M. S. Pauwels Job-
son m'offrait une place de professeur de
minéralogie dans sa maison d'éducation
pour les jeunes ladies. Je risquais la traversée, afin de m'entendre avec lui. Les
appointements étaient raisonnables; mais
mon principal but, c'était l'ardent désir
que j'avais d'introduire l'hexadynamie
dans la nomenclature anglaise... Sur le
point de me confier aux hasards de cet
élément perfide et fécond en tempêtes, —
l'Océan, puisqu'il faut l'appeler par son
nom, — je fus pris d'une certaine mélancolie chronique, et je vis un instant l'exis-

tence sous un aspect dépourvu de gaieté...
C'était peut-être le pressentiment de ce
qui m'arrive aujourd'hui... Quoi qu'il en
soit, un jour, en rentrant, c'était, je crois,
l'avant-veille de mon départ, j'apportai ce
petit objet à Rose, en lui disant : « Que
chaque matin, pendant mon absence, je
reçoive une lettre de toi... »

M. Martin ne put retenir un gros soupir.

— Heureux temps! murmura-t-il. L'objet fut trouvé joli... On versa quelques
larmes à la pensée de la séparation, et l'on
me promit bien la missive quotidienne...
Lily jouait avec sa poupée... Je vois ce
tableau comme s'il était là, sous mes
yeux...

Il ouvrit la papeterie, et continua :

— Du reste, le voyage n'eut pas lieu.
Sur le point de quitter ma patrie, je réflé-
chis mûrement aux dangers d'une sem-

blable entreprise. Le calme de la plaine
liquide est bien souvent trompeur. Que
de navires partent gaiement pour ne jamais
revoir le port !... Image fidèle de notre
propre voyage dans la vie... Qui m'eût
dit, mon Dieu, le jour où je conduisis Rose
à l'autel, qu'un moment viendrait où...
Mais ces récriminations contre le sort sont
entièrement superflues... Le fait certain,
c'est que le fond des flots est pavé d'osse-
ments humains, et que je reculai devant
les chances de la traversée... non pas par
frayeur, je suis connu pour ma fermeté,
mais par prudence et pour céder aux
larmes de ma jeune famille... La papeterie
resta comme un monument de ce voyage
qui fut si près de s'accomplir... Je ne
cache pas, du reste, que j'aurais aimé à
connaître les mœurs de ces contrées cé-
lèbres. La France et l'Angleterre furent
trop souvent ennemies ; mais plus les

moyens de communication se multi-
plient...

» Allons! allons! s'interrompit-il dure-
ment; — pas d'échappatoires! Je dis de
très-bonnes choses au point de vue de
l'avenir des civilisations; mais, en ce moment, la parole est pour moi un subterfuge.. A la besogne!... un testament est une
œuvre qu'il faut mûrir... et le mien doit
être fait de telle sorte, qu'il n'ait pas besoin
des corrections du lendemain.

Il avait réellement sa beauté, ce pauvre
M. Martin, quand ces allusions à sa fin
prochaine amenaient un sourire mélancolique à sa lèvre. Son parti était pris,
cela est certain. Il se croyait de bonne foi
en face de la mort, — et, en dépit de certaines lenteurs naïvement calculées; il y
marchait d'un pas ferme.

Il n'avait point peur : ceci soit dit pour
ceux qui estiment que le ridicule est insé-

parable de la faiblesse. Que chacun regarde autour de soi. Chacun verra s'il connaît beaucoup de braves qui puissent conserver cette sincère et sereine tranquillité au seuil de la dernière heure.

Et qui sait si quelque espérance obstinée ne restait pas au fond de ce cœur ulcéré? Au moindre bruit, M. Martin tressaillait. Vous savez bien que Dieu a voulu cela. L'espoir s'acharne. C'est la folie incurable; il faut qu'un malheureux ait respiré son dernier souffle pour qu'on puisse dire: « Celui-là n'espère plus. »

Spirare, *sperare*, disait l'adage romain. L'espoir, c'est la vie.

Hélas! les bruits qui venaient ne parlaient point des fugitives. Depuis longtemps déjà, le chemin de fer avait sifflé pour la dernière fois. Les voitures ne roulaient plus sur le pavé de Ville-d'Avray. C'étaient, çà et là, le craquement d'une boiserie, — une persienne agitée par le vent, — la girouette du banquier grinçant sur la rouille de son axe, — ou le lointain aboiement du grand chien de l'actrice...

M. Martin prit dans la boîte un cahier de papier vergé et glacé. Il le disposa devant lui méthodiquement. Il déboucha l'écritoire ; — il mit à portée de sa main le flacon à poudre, le rouleau buvard, et même le grattoir.

— C'est fort commode, ces petits nécessaires, dit-il ; tout y est... Les femmes sont, Dieu merci, la moitié la moins écrivante de l'espèce humaine... pour qu'elles prennent la plume, il leur faut le confortable... J'ignore la signification exacte de ce mot anglais... Je l'emploie rarement... mieux vaudrait ne pas l'employer du tout.

Il trempa la plume dans l'encre et la regarda à la lumière.

— Certes, reprit-il, avec nos anciennes

plumes d'oie, il y avait l'inconvénient du canif... Mais ces petites pointes de fer enlèvent à l'écriture son moelleux et toute son ampleur... Encore, le canif n'était-il pas inutile pour reposer un instant la pensée... Dans leurs livres, quel nom donneraient-ils à cette tranquillité que j'éprouve?... Je gage qu'ils prononceraient le mot héroïsme! Ma foi! s'ils ne tombaient jamais dans des exagérations plus blâmables!... Le fait est que je suis étonnamment calme. Je me tâterai le pouls de nouveau avant de partir. J'ai la conviction que je trouverai six ou huit pulsations de moins... peut-être davantage...

Il fit un parafe net et hardi sur le garde-main pour essayer la plume.

— J'avais une belle main, murmura-t-il; ma signature n'était pas celle de tout le monde... Ah çà! pourquoi les dames ont-elles toutes des plumes trop fines, de

l'encre trop bleue et du papier trop glacé?...
J'ai remarqué cela... Je remarque tout :
l'esprit d'observation était extraordinai-
rement développé en moi... Ce que je
viens de dire sur les plumes, l'encre et le
papier des personnes du sexe, peut sem-
bler, au premier aspect, un pur enfantillage... mais, comme symptôme, c'est hautement curieux... Il faut faire entrer en
ligne de compte la position où je suis...
Je n'ai point de disciples à prêcher, comme
Socrate buvant la ciguë... Je bois ma
ciguë tout seul : c'est plus amer... Et
certes, les observations fines et un peu
frivoles auxquelles je me livre, dénotent
une incroyable liberté d'esprit... Je suis
content de moi... Bonnard n'est pas si
tranquille!

M. Martin se posa décidément pour
écrire.

Après quelques minutes de réflexion, il

traça d'une main assurée ces paroles sa-
cramentelles :

« Au nom du Père, du Fils et du Saint-
Esprit, ceci est mon testament... »

IV

— Étude de testament —

Beaucoup de gens de valeur ont pensé
que la mort est tout ce qu'il y a de sérieux dans la vie. Ceux-là devaient être
pris d'une sincère et profonde pitié en
voyant de haut les vaines agitations de la
fourmilière humaine. C'étaient des géants
qui regardaient au microscope l'imbroglio

fiévreux où se croisent, où se mêlent, où se choquent toutes nos petites ambitions, toutes nos mesquines jalousies, toutes nos méchancetés, grosses comme des têtes d'épingles, toutes nos perfidies lilliputiennes, toutes nos rages d'insectes, toutes nos machinations d'infusoires.

Rien n'est laid comme cette bataille de la vie, dans nos sociétés fatalement organisées pour la lutte fratricide. Rien n'est triste comme ces amas de détritus humains qui ont passé au tamis de la misère, laissant sur le tas quatre ou cinq fils du hasard, dont ils seront désormais le piédestal et la litière.

S'ils restent cinq, de mille qu'ils étaient, trois seront poussés par derrière à l'improviste et traîtreusement précipités. Puis les deux derniers, les vainqueurs, comme ils s'appellent, se prendront corps à corps et tâcheront de s'entr'étouffer.

En bas, sous le tamis, dans ce fumier de vaincus, il en est de même. Regardez de près cette mêlée confuse : c'est un combat à mort.

Et au-dessus comme au-dessous, en bas comme en haut, ils ont un mot pareil qu'ils jettent aux hommes et à Dieu en guise de suprême excuse :

« Il faut vivre ! »

Toutes ces violences, vous entendez, toutes ces duplicités, c'est parce qu'il faut vivre, toutes ces trahisons, tous ces emportements, toutes ces ignominies.

Blasphème idiot, n'est-ce pas? et contre-sens impie !

La grande nécessité humaine n'est point là; l'axiome serait : « Il faut mourir ! »

Ceux qui montent tout d'un coup jusqu'à la pensée de la mort pour considérer la vie ne peuvent être ni menteurs, ni voleurs, ni parjures. J'ai vu la tourbe d'en bas leur jeter parfois la calomnie, comme une éclaboussure vaine qui n'arrivait pas à moitié chemin de leurs pieds.

La mort est le but. La vie est la route. La vie est la tige, et la mort est la fleur. Chacun sait cela pourtant et bien d'autres choses encore, car les philosophes ont tout dit, même ce qu'ils ne pensaient pas. Mais il faut vivre.

Ce que le peuple appelle rudement un coquin, ce que nous nommons avec plus de politesse un habile, « un homme fort, » voilà le fruit de ce lâche sophisme.

Il faut vivre. Ceux qu'on écrase en chemin, ceux qu'on étrangle, ceux qu'on étouffe, n'étaient pas nés viables, apparemment. Que n'écrasaient-ils, d'ailleurs, au lieu de se laisser étrangler ?

De toute évidence, l'axiome est pour chacun, et chacun pour soi. Il n'est pas besoin du tout que les autres vivent ; au contraire. Le peuple américain, si jeune encore et déjà si aimable, met la sentence en action avec une franchise que nous nous garderons bien de qualifier de cynisme. Là-bas, on porte un revolver à six coups comme on se munit d'une canne ou d'un parapluie dans notre vieux monde arriéré.

La preuve de l'excellence de la mort est dans la vénération dont on entoure tout ce qui l'approche. Les dernières paroles d'un mourant sont sacrées. Je ne sais point de tête si grossièrement orgueilleuse, qui ne se découvre devant un cercueil.

Le testament lui-même, cette chose vulgaire qui moisit dans les cartons des gardes-notes, participe au respect que nul ne refuse à la mort. Cette formule chrétienne et solennelle qui termine notre dernier chapitre, porte en soi je ne sais quélle autorité mystérieuse. C'est le préambule d'un code ; le testament est fort comme la loi.

On ne s'étonnera donc pas de la gravité soudaine que la physionomie de M. Martin exprima en surcroît pendant qu'il écrivait : « Au nom du Père, du Fils et du Saint-Esprit, ceci est mon testament. »

Après les avoir écrites, il s'arrêta. Peut-être ne savait-il pas bien ces dispositions elles-mêmes. Un testament est une œuvre en même temps qu'un devoir. Il faut avoir conscience précise de sa volonté pour la transmettre.

M. Martin se prit à méditer.

— Mes bien meubles et immeubles, dit-il après un court silence, sont naturellement à mes deux enfants, Lily et Stanislas Martin, dont naturellement aussi, ma veuve, madame Martin, prend la tutelle...

Certes, hier encore, je n'aurais pu désirer un meilleur appui à mon fils et à ma fille. Les événements de cette soirée ont malheureusement modifié mon opinion au sujet de madame Martin... Mais j'ai toujours vécu fort isolé; je me connais peu d'amis... Lily sera virtuellement émancipée par son mariage avec M. Alexandre Bonnard, et, comme madame Martin a beaucoup de tendresse pour notre Stanislas...

— C'est égal! s'interrompit-il, — laisser la tutelle d'un enfant à une femme dont la conduite...

Il se frotta le front laborieusement et conclut :

— Voilà une difficulté majeure.

Nous affirmons qu'il n'avait pas cherché cette difficulté; nous allons plus loin : nous affirmons que cette difficulté, tout à coup rencontrée, l'irrita fort sincèrement.

— En somme, se dit-il, — je ne puis pas m'arrêter à cela. Ma résolution est-elle prise, oui ou non ? Elle est prise : alors, marchons !.. Voyons tout de suite le pis-aller : c'est la méthode la plus sûre. Madame Martin est libre par mon décès. Elle convole en secondes noces avec M. Bonnard, et, de ce fait, M. Bonnard devient le beau-père de Stanislas, qui est déjà son filleul... Mon Dieu ! je ne suis pas de ceux qui exagèrent tout et qui se font des monstres... Bonnard n'est pas fort comme naturaliste, mais c'est ce qu'on appelle un bon vivant. Il a généralement montré beaucoup de sympathie pour l'enfant, qu'il gâtait même au delà de mes désirs... Stanislas vivra chez M. et madame Bonnard... voilà... J'aurais mieux aimé conduire son éducation moi-même, mais...

» Ce point est réglé, s'interrompit-il ; — je ne vois pas pourquoi désormais je ferais un testament... Les enfants hériteront purement et simplement...

» Mais tout beau! se reprit - il en passant sa main droite sous le revers de sa robe de chambre, je ne suis pas dans la position de tout le monde : s'il y a en moi l'homme privé, il y a aussi l'homme public. Je me dois à mon siècle... Diable! diable! il ne s'agit pas de mourir tout entier... ceci mérite réflexion... Qu'on fasse silence et que rien ne trouble mon recueillement !

Ayant obtenu le silence réclamé, M. Martin tomba dans une profonde méditation. Bientôt son œil rayonna, tandis qu'un souffle plus mâle dilatait sa poitrine ; et l'inspiration descendit sur son front.

— Que le père de famille se taise dans les conjonctures où nous sommes, reprit-il enfin avec toute l'onctueuse fierté que nous admirions en lui autrefois. — Très-

bien! je conçois cela : c'est affaire entre
lui et sa conscience... mais que le savant
déserte son poste avec armes et bagages,
halte-là!.. Dieu ne m'a pas comblé de ses
dons pour que je laisse sous le boisseau la
lumière faite par mes veilles... cela tombe
sous le sens... Je me rendrais coupable
d'un crime sans pardon si je privais ma
patrie et le monde de mes découvertes.
— Non, ma belle et noble France! s'interrompit-il, saisi par un irrésistible
attendrissement, — non, *alma mater*!
non, je ne serai pas vis-à-vis de toi un
fils ingrat... O mon pays, je ne te ferai pas
banqueroute!... Et, si je parle ainsi, ce
n'est pas à l'exclusion du reste de l'univers... l'humanité tout entière a droit à
ma sollicitude... Je suis Français, mais je
suis homme! Que personne ne puisse
m'accuser jamais d'avoir oublié cela... Ce
serait un abus de confiance envers le Créa-

teur de toutes choses, qui m'avait chargé
ici-bas d'une fonction... Que sont les
facultés, les puissances, les aptitudes,
sinon un dépôt sacré qu'il ne faut jamais
nier, sinon un sublime capital dont la
rente doit être exactement servie, servie
à Dieu, servie aux hommes?... Je prends le
ciel à témoin que j'ai servi ma rente avec
ponctualité : j'ai travaillé consciencieuse-
ment, sans trêve ni relâche; j'ai produit
dans la mesure rigoureuse de ma puissance propre, que l'Être suprême m'avait
départie... Reste le capital : il est là, intact :
je n'en ai rien détourné; je ne l'ai point
affaibli en sacrifiant à mes passions ar-
dentes ; je ne l'ai point écorné en donnant
mes jours et mes nuits au plaisir... Une
fois seulement, et c'était avant mon mariage, je suis allé au bal masqué de l'Opéra.
C'est un spectacle curieux. Plusieurs
dominos m'intriguèrent. Je ne puis re-

gretter cette innocente débauche, qui ne
fut suivie, du reste, d'aucune conséquence
fâcheuse.

Il eut un sourire, et secoua la tête comme
un père indulgent qui va gronder son fils
avec douceur.

— C'est un peu passer les bornes, murmura-t-il ; partir de la pensée d'un testament pour arriver au bal de l'Opéra ! Le
chemin que vous fait faire ce phénomène
appelé l'association des idées, est véritablement étrange !... C'eût été là mon défaut
dominant, si je n'avais toujours su mettre
un frein à mon imagination... mais les
sentiers tortueux de la digression ne m'ont
jamais égaré... Il y avait en moi une bous-
sole naturelle qui toujours me ramenait
au cœur même du sujet... Oh ! j'étais bien
organisé... Ceux qui me tuent brisent un
chef-d'œuvre peu connu... mon testament
en sera la preuve... Le testament d'un

savant, c'est le procès-verbal de ses tra
vaux et la liste de ses découvertes... J'e
ai fait cent, des découvertes... mise à par
même cette hybride que j'ai rapportée c
soir, et dont l'examen m'eût conduit peu
être à bouleverser toutes les classification
établies... J'en ai fait mille, si l'on donn
ce nom de découvertes à certaines visée
particulières et nouvelles qui rectifien
dans ses détails l'ensemble des connais
sances humaines... Mais je ne veux pa
descendre aux détails ; mon bagage e
assez beau pour que je ne cherche pas
enfler son importance... Je n'ai jamai
trouvé de planètes dans le ciel, moi! j
n'ai jamais espionné la marche capri
cieuse de la lune! je n'ai jamais cherch
des taches au soleil!... Je suis le père d
gypsium et de l'hexadynamie : j'aim
mieux cela; chacun son goût!

Il reprit la plume. Au-dessous de l

formule qu'il avait précédemment libellée, il écrivit :

« Forcé de quitter la vie pour des motifs graves et tristes qu'il serait trop long d'expliquer, je lègue mon âme à Dieu, mes biens à ma famille, ma famille aux lois de mon pays... »

M. Martin s'arrêta, et relut cette phrase deux ou trois fois, tout haut, avec une satisfaction croissante.

— Ceci me paraît concis, précis et singulièrement réussi comme tournure de phrase, dit-il ; — on trouve parfois sous la plume ces bonheurs d'expression... J'ai tracé ces quelques lignes sans réfléchir... Je ne serais pas fâché d'avoir sur ce préambule l'avis d'un critique de bonne foi...

Il continua :

« Quant à mes découvertes scientifiques, qui forment, à mon sens, mon principal

avoir, j'en dispose incommutablement au
profit de mes contemporains et de la pos-
térité.

» Tel est mon dernier vœu. Je regar-
derais comme une petitesse de constituer
à cet égard un monopole au profit de mes
héritiers. La science est un don de Dieu
les études sont un bienfait social : Dieu et
la société sont à tous ; donc, les résultats
de la science... »

— Tout cela est vrai rigoureusement,
s'interrompit ici M. Martin ; mais je suis
forcé de convenir que c'est exprimé d'une
façon prolixe et pâteuse. Comparez cela
à ma première phrase : « Je lègue mon
âme à Dieu, mes biens à ma famille, ma
famille à la loi ! » C'est Romain, tout uniment !... Après cela, Boileau-Despréau
l'a dit : « Le style sublime a cet inconvé-
vient, qu'il est malaisé de le soutenir...
Ces éclairs mettent nécessairement dans

l'ombre les autres parties du discours... »
C'est un malheur.

En parlant, et par distraction sans
doute, M. Martin dessinait sur son papier à
testament une plante de la treizième classe.
Cela le força de déchirer son papier.

Il prit une autre feuille et calligraphia
soigneusement l'entête qui le séduisait si
fort.

— Le moyen de ne pas errer, dit-il,
c'est de se rendre parfaitement compte de
la teneur de cet acte.

Ce que l'on cençoit bien s'énonce clairement.

Qu'est-ce que je veux? Le voici : faire
profiter mon siècle et ceux qui le sui-
vront, des modestes progrès que j'ai pu
apporter... de l'humble pierre ajoutée par
moi au monument magnifique des connaissances humaines... Parfait!... Ce dernier membre de phrase pourrait même

être utilisé... Et cependant, oui! je n'ai jamais dissimulé mon éloignement pour les formes ampoulées de ces écoles dites nouvelles et qui remontent directement à Bonnard... Évitons avec soin l'emphase, le pathos, les festons et les astragales!... ce que les anciens nommaient *novissima verba*; le testament est, sans contredit, la chose la plus simple et grave entre toutes... Bornons-nous à léguer... — Mais, au fait, léguer quoi?

Telle fut la question que s'adressa brusquement M. Martin.

Il la jugea, du premier coup, si importante, qu'il déposa sa plume sur le bureau et joignit ses deux mains sur son estomac. Cette position invite à tourner ses pouces, et M. Martin excellait à cet exercice. Il tourna ses pouces.

— On ne lègue pas une découverte contestée, professa-t-il doctoralement; la ja-

lousie des corps constitués me poursuivra
même après mon trépas!... Une découverte à laquelle manque la sanction aca-
démique n'existe pas... Nous en sommes
encore là, dans la seconde moitié du
XIXᵉ siècle!... Léguer le néant serait sans
nul doute un acte dérisoire.

» J'ai mes manuscrits, il est vrai, reprit-il, mes mémoires... plus de vingt
volumes in-quarto... c'est une valeur...

» Une valeur inestimable, d'accord...
personne plus que moi n'est disposé à le
proclamer... Mais ce sont des matériaux
bien plus que ce n'est un édifice... Il me
faudrait des années pour mettre en œuvre
ces splendides pierres de taille, ces pou-
tres solides, ces barres de fer forgé, et je
n'ai plus que quelques minutes...

Il déchira tout doucement sa seconde
feuille de papier.

— Mon bonhomme, dit-il, d'un accent

11

un peu goguenard, on t'accuserait d'avoir
voulu nouer des échasses à tes talons...
Le monde est fait comme cela... Si tu ne
veux pas être ridicule, meurs à petit
bruit... Par esprit de contradiction, si tu
consens à ne souffler mot en quittant cette
terre, le monde chantera quelque antienne
autour de ta tombe... Mais, pour peu que
tu embouches la trompette, ton affaire est
claire... M. Martin a posé en grand homme
incompris... En voici encore un qui a in-
venté la vapeur!... Et ceci!... et cela!...
Rien que l'idée de leurs clabauderies me
dégoûte!

Il repoussa le cahier de papier d'un
geste découragé.

Un instant, la mort lui sembla trop
dure ainsi, sans la consolation de la mise
en scène.

Mais il avait, développée à un degré
rès-notable, cette obstination enfantine

qu'on appelle *du cœur* au collége et dans les ateliers. A l'aide de ce mot inepte, vous porteriez certaines gens à sauter par-dessus le balcon d'un cinquième étage, pour prouver qu'ils ont *du cœur*.

Le cœur, pris dans ce sens ultra-populaire, consiste à ne jamais reculer, même devant l'absurde.

Je connais aussi des familles où l'on dit d'un enfant qu'il a *du cœur* quand il boude fermement et qu'il refuse d'avouer ses torts. On ferait un livre aussi chinois que le *Jardin des racines grecques* avec les obscènes stupidités du langage usuel.

Donc, ce pauvre M. Martin ne pouvait pas rester en chemin, parce qu'il avait du cœur. Il avait pris avec lui-même l'engagement de se tuer; il fallait y passer, bon gré mal gré. Tant pis pour lui s'il avait porté trop haut les petits bénéfices de cette façon de mourir. C'était un article à passer en profits et pertes dans son compte final.

Tant pis pour lui. Avant de dire, pour employer son style : « J'attenterai à mes jours, » il fallait réfléchir.

Sa tête lourde se pencha sur sa poitrine. Il était de mauvaise humeur.

— Ce n'est pas la coutume, murmura-t-il, de donner aux métaux le nom de leurs inventeurs. Ceux qui trouvent des procédés nouveaux, des instruments, des astres, ont plus de chance... Le martinium !... cela ferait bien pour désigner ce métal destiné à remplacer la plupart des autres dans un temps donné... temps qui peut être fort long, du reste, car les plus belles découvertes courent la chance de rester indéfiniment sous le boisseau... Mais, dans dix ans, dans vingt ans, que sais-je ! dans cent ans, un homme viendra qui lira mes manuscrits. Cet homme, en-

housiasmé, montera sur les toits pour
rier la bonne nouvelle... Aura-t-il la déli-
atesse de me garder la propriété de mon
nvention?... N'inscrira-t-il pas plutôt
on nom vulgaire au frontispice de mon
œuvre?... La terre où Colomb mit le pied
e premier s'est appelé l'Amérique... Igno-
minieuse ingratitude des peuples!... Si,
u contraire, la personne a de l'honnêteté,
mon nom aura sa place au temple de mé-
moire... Martin... il y a une énorme quan-
ité de Martin... Il faudrait qu'il eût la
récaution de dire : Philippe Martin... Et
ncore, parmi les Martin, il doit se trou-
er beaucoup de Philippe... Comment
barer à cela?

Il haussa les épaules, mais cette fois
ans colère.

— Toutes les hautes intelligences, dit-
l, comportent une notable dose de naïveté.
e n'échappe pas à la règle. Si quelqu'un

était tout à coup initié à mes préoccupations, il aurait le droit de rire... N'allons pas chercher midi à quatorze heures, c'est le défaut des esprits inquiets. Savez-vous ce que je vais faire? Je vais tout uniment finir par où j'aurais dû commencer... Je vais écrire dix lignes à ma femme pour lui recommander les manuscrits et les enfants... Point de reproches... un appel aux sentiments qui peuvent survivre à sa chute... Dix lignes, ni plus ni moins... quelque chose de digne et de noble... je sais parler quand je veux... C'est désormais une affaire de cinq minutes...

M. Martin, bien décidé à brusquer ce dénoûment, rapprocha son siége du bureau avec vivacité. Sa plume courut comme une folle sur le papier. C'était du style familier; plus n'était besoin de se creuser la tête.

Il écrivit :

« Madame... »

Il effaça et mit à la place :

« Rose... »

Il effaça encore pour tracer :

« Madame Martin... »

Et il se disait :

— Allons toujours ! allons toujours ! S'il y a trop de ratures, cela me servira de brouillon... « Madame ! » C'est trop cérémonieux évidemment ; cela sens le dépit... « Rose... » Je ne peux pas la traiter comme si de rien n'était... quoique la rancune n'ait aucune prise sur mon âme ; cependant le fait subsiste et la morale conseille... « Madame Martin. » Voilà le point trouvé, le juste milieu... je lui laisse le nom de son époux, mais j'ajoute « Madame... » La nuance y est.

« Madame Martin, je prends la plume pour vous dire... »

— Ah çà ! où lui adresser ma lettre ?...

Voilà une question assez difficile à résoudre...

Il déposa la plume. Le prétexte était assurément plausible.

— Je regarde comme mille fois probable, poursuivit-il, que Rose ne rentrera point dans cette maison. Qu'y reviendrait-elle faire?... D'un autre côté, les Bonnard, craignant mes poursuites, doivent avoir abandonné aussi leur domicile... Cela se fait ainsi... On part en chaise de poste, on ne s'arrête qu'après avoir passé la frontière... L'expérience semble prouver que les unions ainsi formées par le crime conduisent rarement à la félicité. Ils seront malheureux... je ne le souhaite pas.

» Il y a plus, s'interrompit-il, — si un prophète, à supposer qu'il y ait des prophètes ici-bas, pouvait m'affirmer que ma pauvre petite Lily fera un bon ménage, je pardonnerais tout de suite à ce beau

M. Alexandre Bonnard... Mais faites
donc bon ménage avec un artiste... avec
un poëte!... avec un homme qui publie
des romans dans les journaux!... Cela ne
s'est jamais vu !

» Ce qui m'étonne, se reprit-il, c'est le
faible développement de mon organisme,
au point de vue de la jalousie, sentiment
naturel pourtant, et que je ne blâmerais pas
chez un autre, dans la circonstance excep-
tionnelle où je suis... Il y a des gens qui
pousseraient des cris de rage et qui ne
mettraient point de bornes à leurs trans-
ports furieux... des gens très-honorables,
s'entend, très-sensés, même... Moi, je ne
suis pas jaloux... J'ai parlé tout à l'heure
du mariage probable de ma femme avec
Bonnard comme j'aurais parlé d'autre
chose... C'est une anomalie... Je penche à
croire que je dois cette tranquillité aux
habitudes de sage modération que j'ai su

prendre dès mon jeune âge... Mithridate,
roi de Pont, défiait les poisons les plus
subtils... De nos jours, l'Américain d'origine hollandaise Van Amburg se jouait
avec les lions, les tigres et les léopards...
J'ai connu un villageois illettré, natif des
environs de Fontainebleau, si mes sou-
venirs me servent bien, qui fourrait des
vipères dans son giron... Pareil à tous
ceux-là, moi, je me ris des passions, plus
dangereuses que le poison, plus cruelles
que les animaux féroces, plus venimeuses
que les serpents...

» Une chose curieuse... j'ai le temps,
puisque je ne veux écrire que quelques
lignes... une chose curieuse, ce serait de
les suivre par la pensée dans leur voyage
depuis Ville-d'Avray jusqu'au lieu de leur
destination... Voilà bien la plus bizarre
des idées ! et qui prouve un merveilleux
sang-froid... Évidemment, nous rencon-

trerions sur la route plus d'un incident...
il faut s'avouer cela... plus d'un détail...
Eh bien, rien ne m'effraye... je suis de
bronze... Est-ce défaut de sensibilité?...
Non... J'aimais ma femme... C'est le résultat d'une trempe en quelque sorte mi
raculeuse. Je suis d'acier; je suis d'acier!
— Voyons, pensa-t-il avec une sorte de
complaisance... — en sortant d'ici, ils ont
dû prendre la route de Paris... Versailles
mène en Bretagne... La frontière belge est
la plus voisine : c'est là que vont les banque-
routiers de toute sorte... Le mot est sévère
mais joli... et nouveau... Les vaudevillistes
en cherchent de pareils ; moi, j'en trouve...
Je ne crois pas qu'il y ait de départ la nuit
au chemin de fer du Nord ; d'ailleurs, les
romanciers affectionnent les chaises de
poste... on ne fait les enlèvements qu'en
chaise de poste... De ce côté-là, on trouve
d'abord Saint-Denis, puis Enghien-les-

Bains... Nous y avons été l'an dernier en famille... C'est un aimable séjour... Après Enghien... J'ai des connaissances assez étendues en géographie générale, mais les environs de Paris ne me sont pas familiers, et je n'ai jamais voyagé que sur la route de Bourgogne...

» Meaux! s'écria-t-il après avoir réfléchi un instant; — parbleu! c'est Meaux qui est la première ville importante... siége épiscopal de Bossuet... Mais non, j'erre... Meaux est sur la route de Flandre...

» Pontoise! c'est Pontoise!... Pourquoi dit-on d'un sot qu'il revient de Pontoise?... L'origine des proverbes est presque toujours entourée d'une brume fort épaisse... Ils auront été d'une traite jusqu'à Pontoise... Se seront-ils arrêtés à Pontoise?... C'est vraisemblable. Lily n'est pas forte ; Rose aime ses aises, et les

Bonnard auront voulu souper... Et je ne
sourcille pas, non ! je suis de marbre... Je
ne ferai pas néanmoins le menu du souper...

» Après le souper, la somme des pro-
babilités se divise en deux parts presque
égales : ou bien ils remonteront dans leur
chaise de poste, ou bien ils coucheront à
Pontoise... Rose ne pense qu'à une chose
quand elle a soupé : c'est à son lit... Rose
aura dit : « Couchons ici ; demain, il fera
jour... » On aura demandé des chambres...

Son débit, à cet endroit, devint un peu
moins précis. Ses yeux eurent de vagues
regards et les rides de son front se creu-
sèrent.

— Combien aura-t-on demandé de
chambres ? murmura-t-il. Le bon sens dit
que, dans des cas semblables, pour ne
point exciter les soupçons, il faut se faire
passer pour mari et femme...

Il respira péniblement et chercha son
aplomb sur le fauteuil.

— Mari et femme! répéta-t-il tandis
que des gouttes de sueur perlaient à ses
tempes; — il reste beaucoup à faire, au
point de vue des bonnes mœurs, dans la
surveillance des auberges et des hôtelle-
ries... Tout cela produit peu d'effet sur
moi... mais...

» Tu déguises la vérité! s'interrompit-
il rudement. — Vains efforts! n'essaye jamais de t'abuser toi-même!... tu as trop
de perspicacité pour cela... Fais ton examen de conscience; avoue plutôt avec
franchise que tu ressens enfin les amers
tourments de la jalousie!...

» Moi, jaloux! se récria-t-il avec un
effroi mêlé d'humiliation. Eh bien, oui!
je le confesse! ce serpent s'est glissé dans
mon âme; je n'aurais pas dû jouer ainsi
avec le feu. J'ai eu tort d'évoquer cer-

taines images... Arrière, fantômes outrageants et moqueurs!... Peut-être n'ont-ils pas soupé seulement... et qui me dit qu'ils soient à l'auberge de Pontoise?... Mais toutes les auberges se ressemblent...

M. Martin était affaissé sur lui-même. Il parlait d'une voix faible et dolente.

— Et que serait-ce, bon Dieu! reprit-il pourtant, si j'avais accoutumé mon esprit aux entraînements de l'imagination? Où en arriverais-je? Quels tableaux funestes se présenteraient à ma pensée? Je dois rendre grâce, même en cet instant douloureux, à l'excellente direction que j'ai toujours imprimée à mon esprit : précision, rigueur, sûreté, haine de l'hypothèse fantastique, horreur du rêve et de l'exagération...

Sa tête s'inclina sur sa poitrine. C'était d'un ton de plus en plus désolé qu'il s'adressait ces félicitations.

— Rose est encore très-belle, soupira-t-il, surtout aux lumières... La dernière fois que nous avons été au Théâtre-Lyrique, on la regardait beaucoup... Il y a des femmes qui se conservent très-bien... Sans remonter à Ninon de l'Enclos, nous avons eu, de nos jours, mademoiselle Mars... Rose est encore très-belle... Ses yeux n'ont pas changé... et, quand elle veut sourire...

Sa main languissante attira jusqu'au bord du bureau la quatrième feuille de papier.

« Que t'ai-je fait, Rose? écrivit-il comme malgré lui; Rose, de quel crime veux-tu donc me punir?... »

— Examinons un peu ce point de vue! s'écria-t-il en se redressant : — que lui ai-je fait?... Ce sont là, reconnaissons-le, des questions bien délicates... Certainement, je n'ai jamais commis de crimes; mais...

voilà... en ces moments, on se sou-
vient...

» Il y a eu madame Lemonnier, la fabri-
cante de fleurs... Rose m'a bien souvent
reproché, avec une apparence de raison,
de la trouver trop jolie... Le fait est qu'elle
vous avait des dents... et une taille... et
des cheveux!... Il est vrai qu'il y a vingt-
trois ans de cela... mais enfin... Et mademoiselle Alphonsine, la maîtresse de
piano... elle jouait *Fleuve du Tage* comme
un ange!... Voilà dix-neuf ans que je la
reconduisis jusqu'à sa porte, à deux
heures du matin, après le bal chez le
cousin Riché... C'était le pied qu'elle
avait bien, cette grande fille... Et l'année
de la naissance de Lily, madame Alfred,
la petite veuve du n° 7... Rose disait
qu'elle était veuve de toute la faculté de
droit... Rose, un esprit d'enfer! toujours
à la riposte... Et Mariette, la troisième

II   8

bonne de Lily... nez retroussé, soupçon
de moustaches...

» Sur mon honneur et sur ma conscience,
devant Dieu et devant les hommes, ces
diverses intrigues ne dépassèrent pas les
limites de la galanterie française!... mon
cœur est pur comme un miroir que nul
souffle n'a terni... Mais Rose était jalouse
en ce temps-là... et je me moquais d'elle...
et je lui disais : « Suis-je cause d'obtenir
auprès du beau sexe des triomphes indé-
pendants de ma volonté? »

» C'est bien certain, se reprit-il, —
Rose n'a pas toujours été heureuse. J'ai
joué avec la sensibilité de son âme, je lui
ai donné des soupçons, j'ai peut-être fait
couler ses pleurs... En outre, il faut bien
en convenir, j'ai tenu d'une main un peu
despotique mon sceptre de père et d'époux.
Que de scènes j'ai faites pour la régularité
dans les heures des repas!.. Pour dix

minutes de retard, je criais comme un aigle... Et pour la toilette? Ne m'est-il pas arrivé de dire à Rose qu'elle s'habillait un peu trop en jeune femme? C'est là l'endroit sensible. Les filles d'Ève ne pardonnent jamais cela... Et pour la danse? L'hiver dernier..., je lui ai fait des observations qui, sans doute, étaient sages au fond, mais qu'elle a pu trouver déplacées dans la forme... Il ne faudrait jamais piquer les femmes... elles ont à leur disposition une si terrible vengeance!

» Maintenant, pour ce qui regarde les Bonnard, j'ai eu raison... Je ne sors pas de là; sur cet article, je suis inflexible. Les Bonnard sont des malheureux qui ont essayé de mousser, des petites gens qui posent, des grenouilles qui s'enflent à la taille des bœufs... Très-bien!.. Les Bonnard prenaient des façons détestables; les Bonnard ne me convenaient plus... Il est

clair comme le jour que j'avais beaucoup
mieux pour Lily que M. Alexandre Bonnard... J'avais le jeune Tronchet, interne
à la Pitié. Quel joli jeune homme!.. Il ne
fume pas... Jamais vous ne le rencontrerez
sans son parapluie... Et déjà myope, par
trop de lecture! J'avais le petit Bordais,
préparateur au jardin des Plantes : un
gaillard adroit comme père et mère, qui
gagne ses trente francs par semaine et qui
dîne à dix-huit sous... Ce sont là des
gages d'avenir... J'avais le fils Mimerel,
qui aura la chaire de son papa, quoiqu'il
soit bègue et un peu innocent...

» Ah! s'interrompit-il, — si nous en
sommes là, j'en avais bien d'autres!.. mais
la forme... toujours cette coquine de
forme!.. On a vu des peuples faire des bar-
ricades pour des affaires de forme!... Plus
on a de pouvoir, plus il faut être doux,
bienveillant, poli... Cela ne coûte rien...

» Alors, dit-il tout à coup avec une nuance de révolte dans l'accent, — nous mettons les pouces?... nous avons eu tous les torts?...

» Mais non!... Pourquoi pousser les choses à l'extrême?...

» Si fait!... ne biaisons pas!... Est-ce blanc? Est-ce noir? — Il peut y avoir des torts partagés.

» La chèvre ou le chou, que diable! gronda M. Martin d'un air sombre. — Si vous-êtes avec le roi, pourquoi crier : «Vive la ligue?»Je vous pose ce dilemme : Elles ont bien fait, ou elles ont mal fait.

Il rapprocha son fauteuil d'un air tragique et prit la cinquième feuille du cahier.

— Pas d'emportement!... ordonna-t-il avec calme; — je sais où vous en voulez venir... soit, je serai sévère... Elles sont coupables... qu'elles soient punies, le sort en est jeté... Désormais, ma détermination est inébranlable !

Il écrivit :

« En pleine possession de ma raison, et sur le point de mettre fin à une vie qui n'est plus désormais pour moi qu'un insupportable fardeau, je déclare avoir été trahi par ma femme et par ma fille, de complicité ; en raison de quoi, je les enveloppe dans une commune malédiction. »

Il signa son nom en toutes lettres et déposa la plume en disant :

— Voilà ! ce n'est pas tâtonné ; cela va droit au but comme un boulet de canon... J'espère qu'il n'y a là nul symptôme de lâche clémence...

M. Martin appuya son coude sur la table, et sa main fit un oreiller à sa tête alourdie.

Il resta un instant dans cette position,

immobile et silencieux. Son regard ne quittait point les lignes qu'il venait de tracer.

— Tel devait donc être l'adieu adressé par moi à ma femme! murmura-t-il entre ses dents à peine desserrées, — une malédiction... Moi, je devais arriver à maudire!... Rose! ma femme!... car ce mot dit tout... ma femme... ma pauvre femme!.. l'amour de ma jeunesse! la joie de mon âge mûr!... Et Lily a sa part de l'anathème... ma petite Lily bien-aimée!...

Il fit effort pour contenir les sanglots qui voulaient éclater dans sa poitrine. Un instant, il lutta contre cette explosion de sa douleur. Sa douleur, plus forte, remporta la victoire. Son visage s'inonda littéralement de larmes, et ses sanglots s'échappèrent en cris inarticulés.

Il roula sa tête entre ses deux mains, comme un malheureux qui va devenir fou.

Puis, ce grand transport tomba. Il ne
resta que les larmes qui allaient muettes
et tombant sur sa pauvre joue creuse.

—Elle m'a embrassé hier au soir, balbutia-t-il, — au moment où j'ai gagné ma
chambre... Elle m'a embrassé comme à
l'ordinaire... Est-ce une chose possible?
Comment Lily a-t-elle eu le cœur de ten-
dre son front à mon baiser?... Rose m'a
dit : « Bonne nuit, mon ami... » Et Lily :
« Bonne nuit, père! »

Il pressa à deux mains sa poitrine défail-
lante.

— « Bonne nuit! » répéta-t-il, — mon
Dieu! mon Dieu! « Bonne nuit!... » mon
Dieu, secourez-moi! mon Dieu, ayez pitié
de moi! Vous m'aviez donné beaucoup,
vous m'avez tout repris! Je n'ai plus de
femme, je n'ai plus de fille ! je n'ai plus
rien... rien!...

» Et qui m'a pris cela? demanda-t-il en

levant au ciel ses yeux baignés ; mon Dieu ! J'avais un ami !... c'est mon ami qui m'a ravi tout mon bonheur !...

Il essuya brusquement son visage et chercha son papier, mais ses yeux étaient aveuglés. Il fut du temps avant de mettre la main sur la feuille, où l'encre n'était point séchée encore.

Il la déchira d'un grand geste.

Puis, la tête haute :

— J'ai pleuré toutes mes larmes. Je suis homme. Je me pardonne cet instant de lâcheté à condition expresse qu'il ne se renouvellera plus... Je ne ferai pas de testament, je n'écrirai pas de lettre, je ne laisserai pas de malédiction derrière moi. Tout cela est trop et trop peu. Mes découvertes appartiennent à Dieu... Dieu les rendra à l'humanité quand il voudra. Point d'adieux, pas une plainte, nulle marque de courroux... Trois mots pour constater un fait... Une ligne, une seule, et, cette ligne achevée, que tout soit terminé entre le monde et moi!

C'était une détermination énergique et sincère qui était à cette heure dans son regard et sur son front. Un instant, il tint la plume suspendue au-dessus de la sixième et dernière feuille du cahier. Puis la plume grinça.

Une ligne fut tracée hardiment et rapidement.

Il lut tout haut :

« La lettre de Bonnard m'a tout appris... Je pardonne et je meurs. »

M. Martin eut un mélancolique sourire.

— Il y a quelque chose de souverainement touchant dans ce laconisme, murmura-t-il; nos écrivains à la mode ne trouvent pas de ces mots-là!

Il entoura son nom du large et beau parafe qui complétait sa signature.

Les parafes de ces bons petits hommes
sont presque toujours vastes comme leur
orgueil.

Tout était dit. M. Martin déposa lentement sa plume auprès du papier où sa
suprême parole restait à découvert.

Il glissa sa main droite sous le revers
de sa robe de chambre, et dit en adoucis-
sant jusqu'au murmure les mâles reten-
tissements de sa basse-taille :

— Je n'ai plus rien à faire dans cette
maison qui fut la mienne... Du fond du
cœur, je dis un éternel adieu à ces divers
objets extérieurs auxquels on s'accoutume,
qui deviennent en quelque sorte des amis
et que, pour cette raison, les anciens divi-
nisaient sous le nom de Lares ou Pénates...
J'avais acheté cette demeure presque pour
rien, en un temps de défiance publique...
la prospérité renaissante avait fait de ce
marché une excellente affaire... Tant mieux

pour ceux qui me survivront!... Je ne
laisse point de dettes... Maintenant, *favete
linguis*... c'est assez de discours : j'ai
vécu... Je vais aller embrasser mon jeune
fils dans son berceau... prendre mes
armes... Ensuite, je gagnerai la solitude
qui doit être mon tombeau, d'un pas silencieux et grave, comme l'innocent qui
marche au supplice.

Il repoussa son siége afin de se lever.

Comme il mettait ses deux mains sur
les bras du fauteuil, la pendule à laquelle
il tournait le dos, sonna un coup.

Il s'arrêta.

— Une heure! dit-il avec étonnement;
il n'y aurait qu'une heure?... Mais si fait...

La pendule sonnait un second coup.

— Deux heures! fit M. Martin; je savais
bien... En deux heures, on a le temps...

Le pendule l'interrompit en sonnant un
troisième coup.

— Oh! oh! pensa-t-il, trois heures!...
trois heures déjà!... j'ai mis trois heures
à me décider!... Je n'aurais jamais cru...

Un quatrième coup tinta.

M. Martin se leva brusquement et tout
d'une pièce. Pendant qu'il se retenait au
bureau de sa femme, le timbre frappa un
cinquième coup.

— Cinq heures!... balbutia M. Martin.
C'est matériellement impossible... on ver-
rait le jour... J'ai fait un rêve, ou je suis
fou!

Et la pendule sonnait toujours : six,
sept, huit, neuf.

V

— Coup de théâtre —

M. Martin ne se retournait point pour regarder le cadran. Il était comme écrasé sous sa stupéfaction. A peine gardait-il la force de se frotter les yeux et de répéter :

— Ai-je rêvé?... suis-je fou?...

La pendule, qui n'en pouvait mais, continua paisiblement de tinter ses douze coups.

Un roulement de voiture se fit entendre dans la rue.

— Minuit, prononça tout bas M. Martin, ou midi!... Toutes les apparences sont pour minuit... à moins d'une éclipse de soleil totale et visible à Paris... Le bureau des longitudes ne l'a pas annoncée... C'est minuit.

Par réflexion, il porta précipitamment la main à son gousset pour contrôler la pendule à l'aide de sa montre. Son gousset était vide.

— Je ne l'ai pas, murmura-t-il ; voilà trois semaines que M. Gérard me la garde. On conviendra que c'est abuser... Comment savoir ?... Et, dans tous les cas, ces dames ?... Je donnerais quelque chose pour pouvoir contrôler... car c'est minuit... L'aiguille marque positivement minuit et une minute.

Le coucou de la cuisine se prit, en ce moment, à déraper l'ancre de sa sonnerie enrhumée. M. Martin prêta aussitôt l'oreille. Comme il écoutait, la pendule de la chambre de Lily éleva sa petite voix argentine. M. Martin avait peu de confiance dans le coucou ; il écoutait la pendule de sa fille. Au troisième coup tinté par celle-ci, l'horloge Wagner du banquier d'en face entonna son carillon fashionable ; puis, à l'unisson, la mairie et l'église entrèrent en danse.

C'était comme un chœur de vibrations voisines ou lointaines qui chantait sur tous les tons à la fois : « Minuit ! minuit ! minuit ! »

M. Martin fut pris lui-même d'une sorte de vibration contagieuse. Il frétilla comme un poisson. Il a avoué plus tard qu'il n'aurait pas voulu être surpris en cet état manifestement névralgique, et qu'il classe dans la catégorie des *musculations involontaires*, dont certaines épilepsies et les danses de Saint-Guy fournissent des exemples aussi nombreux qu'effrayants.

On n'oserait affirmer que l'idée de sui-

cide fut en lui au moment où il se tré-
moussait de la sorte. Peut-être avait-il
oublié pour un instant le réduit solitaire,
au fond des bois, qu'il avait choisi pour
théâtre à son suprême sacrifice, les vieux
troncs, les lianes, la pierre moussue, le
rossignol et le ruisseau murmurant qui
devaient servir d'accessoires. Personne ne
le blâmera de cette courte distraction. Il
en avait en bien d'autres ; mais nous espérons piquer fortement l'intérêt du lecteur en disant ici, par avance, que M. Martin, électrisé par la surprise, électrisé,
nous répétons le mot, électrisé comme ces
marionnettes légères que la pile de Volta
fait valser follement quand elle veut, que
M. Martin, galvanisé, titillé, jeté hors de
ses gonds, exalté, livré à des mouvements
bizarres dont il ne se rendait point
compte lui-même, et que la dignité de son
caractère aurait hautement réprouvés, que

M. Martin, disons-nous, arrivé à ce paroxysme aigu qui change la stupeur en fièvre chaude, n'était pas le moins du monde au bout de ses étonnements.

Pendant que toutes ces horloges et toutes ces pendules chantaient encore, des bruits de pas se firent dans la cour. Le roulement de la voiture avait cessé. Quelques voix s'élevèrent.

On eût pu distinguer même des rires étouffés.

Faites bien attention : dès que le transport monte au cerveau, on croit ouïr comme cela des éclats de rire. Le rire est diabolique de sa nature. Aux théâtres de mélodrame, on fait des effets d'enfer avec le rire.

M. Martin fut tenté de se boucher les oreilles ; un vertige tournait autour de son cerveau.

Il ne réfléchissait point. Il avait peur de

tâter le pouls de son intelligence. Lui qui toute sa vie avait noblement foulé aux pieds le rêve, le fantastique, tous les produits, en un mot, de cette faculté malade que le vulgaire chérit sous le nom d'imagination, il se trouvait soudain noyé dans la fantaisie. L'heure de minuit, propice aux spectres, éveillait pour lui un monde de péripéties invraisemblables. Toutes ces bizarreries, comprenez-le bien, le saisissaient à l'improviste au milieu de ses graves et solennelles pensées. Il ne s'attendait à rien ; il se croyait calme ; il avait foi en sa raison éprouvée.

Et voilà qu'une douche de nouvelles énigmes tombait sur son crâne pointu. Aux heures de l'agonie, qu'on s'en vienne, l'entendement humain, violemment ébranlé, se laisse entraîner souvent aux évolutions tournoyantes de ces danses macabres. M. Martin retenait son souffle comme un homme à demi submergé : il se sentait perdre plante.

Cependant, il ne se boucha point les oreilles.

Aurait-il eu le temps ? — Si vous saviez comme, à certains moments, les événements se pressent, s'enjambent, s'entassent !

Nous anticipons encore une fois pour vous dire que, dans la vie de **M. Martin**, si pleine et si mouvementée, cet instant allait être solennel !

Il n'aurait pas eu le temps. Le bruit s'enflait, les pas approchaient, les voix se taisaient.

M. Martin crut reconnaître... mais il n'en voulut point croire ses sens.

On marchait dans le salon. — Dans le salon, un organe glapissant se leva.

— Quoi donc ! quoi donc ! disait-on ; — pour une fois que l'on va faire un petit tour de promenade!... Le loup ne nous a pas mangés... quoi donc !

M. Martin eût affirmé sous serment que c'était la voix désagréable de Caro, s'il n'eût nourri la conviction qu'une atmosphère de diableries l'entourait de toutes parts.

Une autre voix se prit à dire :

— Onze minutes, montre à la main, pour revenir de chez le secrétaire général... Est-ce aller ?...

— Arrière, Bonnard ! spectre odieux ! pensa M. Martin.

Bonnard ! que venait faire ici Bonnard ? Oh ! les idées de l'agonie !

Une troisième voix :

— Taisez-vous, effrontée !... Si vous ajoutez un mot, je vous donne votre compte !

Ici, l'accent, l'inflexion, le style, tout se rapportait... Mais où seraient les chances

de l'illusion, si elle ne savait se rapprocher
de la réalité ?

M. Martin, chancelant et frissonnant
qu'il était, eut la pensée ingénieuse et
simple de se pincer la cuisse pour voir
s'il veillait où s'il dormait. Il se fit mal et
dit avec stupeur :

— Je veille !

— Petite mère, dit une quatrième voix
douce comme un chant, je demande la
grâce de Caro.

Il y avait dans cette voix mignonne
comme un écho de la première allégresse
du cœur.

— Rose !... murmura M. Martin, Lily !...

Incapable de se contenir, il fit un pas
vers la porte du salon.

Il s'arrêta parce que, désormais, on
parlait à voix basse. C'était comme un
concert de chuchotements qui se croi-
saient.

— Bah ! dit la voix de Caro dominant tout à coup les autres, — je parie qu'il dort comme une marmotte en vie... Le cher homme n'y verra que du feu !

Qu'avait espéré M. Martin ? Nous ne savons ; mais cette parole lui traversa l'âme comme un coup de canif.

— Je ne puis plus sortir sans être aperçu, se dit-il, — mais... Ah ! je n'y verrai que du feu... coquine !... Au lieu d'aller chercher la mort dans le bois, je puis toujours entrer dans ma chambre, saisir mes pistolets, en appuyer le canon sur mes tempes... Elles entendront l'explosion ; elles verront si je dormais comme une marmotte en vie !...

Les jambes lui étaient revenues. Cette phrase : « Il n'y verra que du feu, » a mis le diable dans des centaines de corps engourdis.

Comme M. Martin s'élançait, ingambe et

réintégré dans toute sa fureur, les chuchotements cessèrent tout à coup, et la porte s'ouvrit brusquement.

M. Martin resta suspendu sur un pied. Il eut un grand et rapide éblouissement.

Son intention fut d'abord de s'écrier : « En croirais-je mes yeux ! » mais la voix lui manqua.

Madame Martin, qui ne perdait jamais la parole, s'écria, au contraire :

— Tiens ! le papa n'était pas couché !...

Et Caro, éclatant de rire avec son imprudence ordinaire :

— A-t-il bien l'air d'un quelqu'un qui est poursuivi par un songe !...

Mais nous aurions dû, avant tout, peindre le coup de théâtre. Les vrais coups de théâtre sont rares. Espérons que les connaisseurs apprécieront l'effet de celui-ci.

Il fut double ; c'est un avantage.

Figurez-vous d'abord M. Martin défait, errant autour de ses reins sa robe de chambre déjà mûre, et courant chercher la mort dans ses appartements privés. Le ciel s'ouvre tout à coup devant lui. Rose et Lily lui apparaissent en toilette de bal... une rouge comme une pivoine bien portante, l'autre blanche comme un séraphin, toutes deux souriantes et couronnées de fleurs.

Rose et Lily, qu'il croyait à l'auberge de Pontoise !

Figurez-vous, maintenant, par derrière, Caro, coupable, mais au-dessus du resentir, éclairant la scène avec deux flambeaux qu'elle levait à bout de bras.

Figurez-vous cela, bien groupé et bien posé, dans l'embrasure d'une porte qui laisse deviner les tentures d'un beau petit salon bourgeois bien propre.

Derrière Caro, deux ombres se dissimulaient, — mais M. Martin ne pouvait les apercevoir.

Figurez-vous maintenant M. Martin, seul, au milieu de la chambre de madame, debout sur un pied, dans une attitude caractéristique. L'étonnement, la joie, la terreur se peignent tour à tour ou même simultanément sur sa physionomie expressive. Il voudrait parler, il ne peut, et les efforts qu'il fait augmentent son émotion. Il ne sait rien encore. Il ne devine rien, car un voile s'étend sur sa vue troublée.

Va-t-il céder à son indignation aveugle? Va-t-il ouvrir ses deux bras au repentir?

Cependant Rose et Lily s'avancent, escortées de près par la Comtoise, qui tient toujours ses deux bougies. Elles marchent toutes les trois à pas lents et processionnels. Un œil de M. Martin se dessille. Il a vu entre les mains charmantes de Lily un coussin en tapisserie.

Un cri faible s'échappe de sa poitrine.

— Ma surprise! a-t-il balbutié, pendant que deux grosses larmes sillonnent sa joue.

Larmes d'allégresse, cette fois!

Avions-nous raison de parler du ciel ouvert?

M. Martin, le moribond! le condamné! au lieu des horreurs de Pontoise, il avait sa surprise!

Oh! quelles sont douces, après les heures d'angoisses, les surprises! Et qu'un coussin en tapisserie peut avoir d'attrait pour un cœur paternel!

Celui de Lily représentait un bouquet de fleurs, toutes hexadynamiques.

Au centre, il y avait un objet que M. Martin ne pouvait pas distinguer encore.

Il se frotta les yeux. Depuis dix minutes, il ne faisait que cela. Des médecins distingués nous ont affirmé que ce n'était pas un moyen pour mieux voir.

Mais, comme Rose, Lily et Caro avançaient toujours, M. Martin, malgré l'inflammation de ses paupières, produite par le frottement, commençait à distinguer, comme au travers d'une brume confuse, l'objet posé sur le coussin.

C'était un objet très-petit où l'on voyait luire l'or et l'émail, un bijou, très-certainement, avec un appendice de couleur rouge.

Le cœur de M. Martin se prit à battre si fort, qu'il fut obligé de se retenir à un meuble pour ne point tomber à la renverse. Le sang lui monta brusquement au visage et des étincelles dansèrent devant ses regards éblouis.

Rose souriait noblement ; elle se tenait à quatre pour ne point entamer un discours ; car, dans ces sortes de représentations, il faut que la mise en scène soit lente et muette. Lily avait ses jolis yeux baissés ; son sourire légèrement espiègle la faisait plus gentille. Caro se fatiguait à lever triomphalement les deux flambeaux.

Que peut-on apporter ainsi sur un coussin ? Les clefs d'une ville rendue s'offraient sur un plat d'or. Sur un coussin, c'étaient les insignes de la royauté, le sceptre et la couronne ; c'était aussi l'épée de connétable ; c'était encore, à la fin d'un tournoi, la palme décernée au chevalier qui avait *mieulx faict que tous aultres*.

Ce n'était rien de tout cela. M. Martin aurait pu dire comme Rohan : « Roi, je ne puis. » Ses aptitudes paisibles l'avaient éloigné du métier des armes dès sa jeunesse, et, d'ailleurs, il n'y a plus de connétables. Quant à la palme...

Certes, la dernière lance est brisée ; on ne voit plus de carrousels qu'à l'Hippodrome. Mais notre siècle a ouvert d'autres lices ; d'autres preux mènent le tournoi dans le champ clos désormais pacifique.

Au lieu de la hache d'armes et de l'estoc, nous avons la plume, cet autre glaive. On couronne encore les vainqueurs dans l'arène nouvelle, où l'esprit seul court, caracole et se bat. Les tournois de l'intelligence ont remplacé les joutes de l'épée.

Or, je vous le demande, quel beau coup de masse ou de pertuisane peut valoir, par exemple, le découverte du gypsium, métal pour tous ? Mettrez-vous en balance, un seul instant, l'adresse ou la force d'un champion habile à casser bras et jambes, avec les calculs féconds de ce savant qui va changer en pelles à feu, en cafetières et en fourchettes toutes les pierres à plâtre de l'univers ?

C'était la palme, c'était le prix décerné solennellement au victorieux. Le cœur de M. Martin faisait bien de battre. Il y avait de quoi.

M. Martin avait reconnu, sur le coussin, une croix d'honneur, munie de son ruban rouge.

Ayant vu cela, M. Martin ferma les yeux. Il souriait bien un peu malgré lui, mais il ne voulait point croire. Tout ceci tenait de la féerie. M. Martin n'avait déjà que trop cédé, cette nuit, aux dangereux prestiges de l'imagination. Il se roidissait, il essayait de rentrer, une bonne fois pour toutes, dans les bornes du raisonnable et du possible.

Pendant qu'il se livrait à ce travail, le cortége était arrivé tout près de lui. La voix mignonne de Lily s'éleva et dit :

— Petit père chéri, permets-moi de t'offrir ce coussin que je t'ai brodé pour le jour de ta fête.

— Merci bien..., répondit M. Martin

sans ouvrir les yeux ; je me suis senti un peu souffrant... j'ai quitté ma chambre...

Il éprouvait vaguement le besoin d'expliquer sa présence en ces lieux.

— Mon bon ami, l'interrompit madame Martin, mon cher, mon excellent mari, permets-moi...

Ici, M. Martin sentit qu'on lui touchait la poitrine. Il eut un peu ce frétillement de poisson, éprouvé déjà lors du concert des horloges et pendules. Néanmoins, on peut dire qu'il garda très-passablement sa dignité.

— Permets-moi, continuait madame Martin, permets-moi d'attacher sur ton cœur si noble et si bon ce signe de l'honneur... cette récompense que tes travaux utiles ont depuis longtemps méritée.

— Comme quoi, ajouta la Comtoise d'une voix éclatante, on vous la souhaite bonne, heureuse et de longue durée, à

cause qu'on est attachée à la famille, malgré les piques et les raisons, par dévouement, et le petit Stanislas, qu'on a autant
dire élevé... quoique ne sortant pas des
Oiseaux !

Impossible de planer dans les nuages
après cette allocution ; ce fut pour M. Martin le cri de la réalité même. Il rouvrit les
yeux à demi ; ses paupières battirent
comme les ailes d'un papillon qui prend
son essor. Ses narines tressaillirent, cé-
dant à un tic nerveux, et il éternua par
trois fois avec beaucoup d'énergie.

Lily et sa mère, promptes à la réplique,
dirent ensemble :

— Dieu te bénisse !

— C'est donc bien vous ! murmura
M. Martin.

Ses regards s'abaissèrent timidement
jusqu'à sa boutonnière. Il eut cette gri-
mace, à la fois touchante et un peu co-

mique, des gens qui font effort pour retenir leurs larmes.

— N'exagérons rien.., balbutia-t-il ; aussitôt qu'on se laisse aller à l'entraîne-
ment...

Il toussa. Ses yeux s'égarèrent un peu.
Il reprit :

— L'exaltation... Quiconque ne voit pas
les choses froidement...

Il toussa encore et se redressa tant qu'il
put, faisant un effort inouï pour prendre
cet air froid et fier qui était sa tenue favorite.

Les deux dames échangeaient des œil-
lades sournoises. Caro écoutait bouche
béante.

M. Martin répéta :

— Froidement... les choses... Tout dépend du sang-froid.

Comme suprême ressource, il fourra sa
main droite sous le revers de sa robe de

chambre et mit l'autre derrière son dos.

Mais rien ne fit. Deux ou trois petites convulsions successives agitèrent les muscles de sa face. Il chercha son mouchoir, il jeta autour de lui un regard inquiet ; puis, s'élançant soudain, il pressa Rose et Lily contre son cœur en versant un torrent de larmes.

— Ma femme!... dit-il, ma fille!... mes pauvres amours !

Madame et mademoiselle Martin répondirent de leur mieux à ses caresses ; mais elles ignoraient la cause de cette excessive émotion.

— Ça lui fait donc bien plaisir, à ce bon chéri? dit Rose en touchant du doigt la croix d'honneur.

— Petit père n'a seulement pas regardé mon coussin ! ajouta Lily, non sans un léger accent de reproche.

Et la Comtoise :

— Est-il content, ce cher homme-là !
est-il content !

Je ne sais pas si M. Martin avait bien la
conscience de ce qui se disait autour de
lui.

Il se cramponnait à ses deux femmes de
toute la force de ses terreurs passées. Il
balbutiait. Il cherchait à unir dans le même
baiser la mère et la fille, chose malaisée
à cause de la puissante complexion de
Rose.

Madame Martin se dégagea la première.

— Nous avons enlevé ça à la baïon-
nette ! dit-elle.

— Quoi donc ? demanda M. Martin.

— Il est charmant ! quoi donc ?... Tu ne
vois donc pas que tu es décoré ?... Ah çà !
qu'as-tu pensé quand tu as entendu minuit
sonner et que nous t'avons dit : « Bonne
nuit ?... »

Il nous a fallu, dans cette histoire, cinq

ou six chapitres pour répondre à cette question. Dieu sait, et le lecteur aussi, que M. Martin avait pensé une énorme quantité de choses! Mais ce naturaliste ne pouvait montrer une franchise égale à la nôtre. Il s'était déjà fait à lui-même le serment solennel de ne jamais conter à âme qui vive le secret de ses nombreux monologues de cette nuit.

Ses larmes étaient séchées. Il se tint aussitôt sur la réserve.

— Votre coussin est positivement un amour, Lily, mon enfant, prononça-t-il du bout des lèvres. Il y avait bien longtemps que vous ne m'aviez rien offert d'aussi joli !

La fillette lui sauta au cou, rouge de plaisir.

— Et c'est comme ça que tu reçois mon cadeau! s'écria Rose, toujours prompte à s'enflammer.

On vit bien que M. Martin allait prononcer un important discours.

— La croix d'honneur, commença-t-il d'une voix forte, est une distinction sociale. Je n'ai jamais été de ceux qui affectent à son endroit le dédain du renard de la fable pour les raisins, qui, à son dire, sont trop verts. Puisque le gouvernement, dans sa sagesse, a jugé à propos de m'en investir, je saurai continuer de me rendre digne...

— Ta ta ta ta! fit Rose, qui mit, ma foi, le poing sur la hanche! ta ta ta ta! des paroles en veux-tu en voilà!

— Ma chère femme..., voulut interrompre M. Martin.

— Il n'y a pas de chère femme!... Et, si j'avais su que tu aurais pris tant de gants pour dire: « Je suis content! j'en avais une envie de loup! » je connais bien la personne qui ne se serait pas dérangée...

Lily tira la robe de sa mère par derrière.

— Donne-moi la paix, toi! reprit madame Martin. — « Le gouvernement, dans sa sagesse... » Ma parole! il y a des gens qui m'amusent!...

Elle s'arrêta, terminant son apostrophe par un bel et bon haussement d'épaules.

— Est-ce moi qui t'amuse, madame Martin? demanda le naturaliste blessé au vif. — Les mots inconvenants ne te coûtent rien : je suis payé pour savoir cela... Mais n'égarons pas la discussion... Je suis parfaitement sûr de me posséder; depuis vingt-cinq ans, j'ai fourni mes preuves de patience... cependant, je dois exiger quelques explications sur ce qui s'est passé ce soir...

— Je bous!... gronda madame Martin, — je bous!

— Quant à ça, dit Caro, — donnez-vous

donc du mal et de la peine pour être récompensé de même!

— Vous, prononça magistralement M. Martin, — je vous expulse!

— J'y suis déjà! repartit l'effrontée Comtoise; — mais n'empêche que je vous ai fait voir le tour, quoique n'ayant pas été élevée aux Oiseaux!... Ah! mais!

Madame Martin continuait de bouillir. Lily s'approcha de son père et voulut lui prendre la main.

Le naturaliste la repoussa d'un geste emprunté à Talma.

— Je consigne l'expression populacière mais énergique de cette malheureuse, dit-il : — on m'a fait voir le tour!

— Lily! s'écria madame Martin; — la tête me bat... un verre d'eau!... un bain de pieds!.. Est-il trop tard pour avoir des sangsues?..

Lily et Caro se précipitèrent en même

emps vers la cuisine. Madame Martin se
plongea dans un fauteuil, soufflant, tré-
pignant, agitant ses bras.

— Délacez-moi, monsieur, dit-elle, —
'étouffe... vous me tuerez!

M. Martin n'était pas un homme ordinaire : placé entre deux écueils, l'indif-
'érence brutale et la faiblesse, il sut éviter
'un et l'autre. Il dégrafa la robe de sa
'emme, il lâcha son corset; mais il ne per-
dit aucunnement son calme sévère et put
dire d'un accent plein de fermeté :

— Ces crises ne présentent aucun danger... ces crises ne prouvent rien... Je
vous laisse, madame, la libre disposition
de votre chambre, et je me retire dans mon
appartement.

Lily revenait avec un verre d'eau fraî-
che; la Comtoise apportait la fleur d'oran-
ger. Madame Martin bondit sur ses pieds
comme une lionne. D'un double revers,

elle envoya le flacon et le verre d'eau à l'autre bout de la chambre.

Ah! c'était une femme impressionnable!...

— Il faut te prendre pour ce que tu es, mon pauvre homme, dit-elle; — j'oublie souvent cela, et je suis assez sotte pour faire attention à tes manières...

— Comment l'entendez-vous, madame Martin? demanda le naturaliste, blême de courroux.

— Je l'entends de la bonne façon, mon pauvre bon ami... je ne t'en veux pas... tu es fait comme cela... Je puis bien te dire à mon tour : « Voilà vingt-cinq ans que je suis payée pour te connaître... »

— Regrettez-vous d'avoir uni votre sort au mien, madame?

M. Martin fit cette question sans rire.

Rose eut fort à propos une quinte de toux pour l'empêcher d'entendre, dans le salon, dont la porte restait entr'ouverte, les éclats d'une gaieté étouffée. Les deux ombres que nous avons entrevues lors du fameux coup de théâtre, s'étaient rapprochées à pas de loup. Elles écoutaient. Les deux ombres avaient des cravates blanches et des habits noirs.

Cet éclat de rire étouffé sembla opérer dans les idées de Rose un changement subit et complet. Elle mit ses deux grosses mains, qui étaient encore assez blanches, sur les épaules de son mari, et, de cette voix caressante que toutes les femmes savent prendre à de certaines moments :

— Toujours prêt à vous mettre le marché à la main, dit-elle. — C'est un lion que cet homme-là!.. Ah! Philippe! vous savez trop qu'on vous aime, et vous ne craignez pas d'en abuser... Non, je ne regrette pas de vous avoir confié le soin de mon bonheur, quoique je *suis* bien sûre...

— Je *sois*..., l'interrompit M. Martin, dont ce solécisme coupa l'attendrissement naissant.

— Je sois..., répéta Rose ; pourquoi dis-tu, « je sois? »

— *Quoique* régit le subjonctif, répondit M. Martin ; quoique je sois...

— C'est bête ! décida Rose ; alors, il faut dire : je sois sûre...

— Mais, non, mère, voulut insinuer Lily bien doucement.

— Toi, tu deviens bavarde comme une pie ! s'écria madame Martin ; je suis, je sois... je ne sais plus ce que je voulais dire...

— Il paraît, murmura Caro, entre haut et bas, que madame n'en sort pas non plus, des Oiseaux. .

Se vengeait-elle, cette Caro !

Madame Martin lança un rapide regard vers la porte du salon pour mesurer la distance et voir si l'aparté de Caro avait pu être entendu, — sans doute par les deux ombres qui avaient des cravates blanches.

— Revenons à nos moutons, dit-elle, et laissez-moi parler, je vous prie, Lily... Bientôt, il n'y en aura plus que pour vous... Ah! vous n'aurez pas votre langue dans votre poche!... Embrassez votre femme, gros amour!

Le gros amour, qui était M. Martin naturaliste, déposa un baiser sur la vaste joue de sa compagne. Il avait l'air d'une des vaches maigres du songe de Pharaon, ce gros amour, auprès de l'une des sept autres laitières qui annonçaient, au dire de Joseph vendu par ses frères, sept années d'abondance au monarque égyptien.

Madame Martin reprit avec volubilité :

— Il y a donc que nous voulions te faire une surprise, n'est-ce pas vrai, chéri?

Lily t'avait brodé un coussin, mais moi, j'ai tant de besogne! Il faut que la maison marche... vous ne vous doutez pas de cela, vous autres hommes... Pourvu que vous trouviez votre dîner tout prêt... Et ce sont des histoires quand il y a seulement dix minutes de retard... Je voudrais bien avoir le temps de travailler... mais les jours de vingt-quatre heures sont trop courts... Enfin, n'importe... j'ai pensé à la croix d'honneur...

— Et vous avez sollicité quelque agent du pouvoir? interrompit sévèrement M. Martin.

— Laisse-moi dire... Méritais-tu la croix d'honneur, oui ou non?

— Si je la méritais, répondit M. Martin, raison de plus pour ne pas s'abaisser jusqu'à certaines démarches...

— Laisse-moi dire!... D'abord, tu parles, tu parles!... Qui est-ce qui a ouvert la

bouche de démarches?..., Et, s'il fallait
des démarches pour avoir un bureau de
tabac qu'on ferait tenir en ville, crois-tu
que je me gênerais?... Tes opinions poli-
tiques...

— Je n'en ai pas! s'écria M. Martin ; je
suis Français, voilà !

— Eh bien, Philippe, eh bien, prononça
Rose avec âme, c'est la France qui a suspendu à ta poitrine ce ruban !...

— Ça va bien sur la robe de chambre!
grommela l'implacable Caro dans son
coin.

Elle avait changé de place; vous eussiez
dit que cette Comtoise révoltée parlait
pour les ombres en habit noir.

M. Martin fut ému très-vivement à cette
idée de la France, sa patrie, prenant la
peine d'attacher elle-même la décoration
à sa boutonnière. Il ne le cacha point.

— Rose, avoua-t-il d'une voix un peu

tremblante, tu as prononcé là de simples
et belles paroles!

Lily se mordillait les lèvres en regar-
dant la porte du salon. Je ne sais pas si
Lily connaissait les petits ridicules de son
père, mais elle ne voulait pas que d'autres
les pussent voir. On riait trop là-bas! ces
ombres étaient d'une gaieté offensante.

— Elles ont parti de mon cœur, gros
chéri, répliqua Rose; — j'ai eu cette idée-
là le soir de notre dîner à Bellevue... que
nous regardions tous les passants et qu'il
y en avait tant de décorés... Je me suis
dit : « Aide-toi, le ciel t'aidera, » n'est-ce
pas vrai? M. Martin n'est pas plus mala-
droit qu'un autre... Ce n'est pas comme à
la loterie du lingot d'or, où il n'y avait
qu'un gros lot... Et j'avais pourtant rêvé
que je le gagnais... Alors, comme il faut
savoir, n'est-ce pas? je touchai deux mots
à M. Bonnard.

M. Martin tressaillit et se redressa. Ce nom de Bonnard lui faisait toujours l'effet d'une piqûre de guêpe.

— Ah! ah! gronda-t-il retrouvant les notes les plus creuses de sa basse-taille; es divins Bonnard sont là dedans!.. Nous voilà!

VI

— Apothéose — *

Un mot piquant vint aux lèvres de Rose, mais elle avait fait provision ex-raordinaire de patience.

— Gros chéri, répliqua-t-elle douce-

ment, je t'en prie, laisse-moi dire... Tu
vas voir... Sois juste, est-ce que je connais
quelqu'un, moi?... En une semaine, il ne
vient pas chez nous trois chiens habillés...
Ce n'est pas comme ça qu'on marie une
jeune fille...D'ailleurs, quand ç'a été décidé
qu'on intriguerait pour la décoration,
nous n'avions encore eu aucune raison
ensemble à propos des Bonnard...

— Intriguer! déclama M. Martin, qui mit
la main à sa croix comme pour l'arracher;
ceci serait le fruit de l'intrigue, madame?

— En tout bien tout honneur s'entend...
Laisse-moi donc dire!... Dès que j'en par-
lai à M. Bonnard, il entra dans ma façon
de penser, disant : « C'est tout simple, c'est
tout simple, je m'en charge. »

— Alors, ce serait Bonnard?... commença le fougueux naturaliste.

— Veux-tu me laisser dire, oui ou non?
s'écria Rose recommençant à s'enflam-

mer. Qui veut la fin veut les moyens, est-ce la vérité? M. Bonnard va au ministère, et le secrétaire général est son ancien camarade de collége... Voilà donc comme ça s'est fait... M. Bonnard a dit au secrétaire général : « Sais-tu que Martin n'est pas décoré?... » Ils se tutoient... Et c'est flatteur d'en être là avec un secrétaire général...

— Quelle patience!... soupira le naturaliste.

— De quoi!... C'est toi qui te plains!... Ah! oui, il en faut de la patience avec un chrétien de ton espèce!

— Madame Martin!...

— Je plaisante, mon gros chéri... fit Rose dans un sublime effort de modération.

Elle ajouta en aparté :

— Mais tu me le payeras plus cher qu'au marché!

— Où en étais-je? reprit-elle. Si tu m'avais laissé dire, ce serait déjà fini... Le secrétaire général a répondu à M. Bonnard : « Où prends-tu ton Martin ?... » — Ça ne vaut pas la peine de te fâcher, gros chéri, s'interrompit-elle ; il y a cent soixante-deux Martin, rien que dans notre arrondissement, à Paris... M. Bonnard a reparti : « Ne plaisantons pas ! Je te parle de M. Martin, le minéralogiste, célèbre par sa découverte du gypsium... de M. Martin, le botaniste, dont les investigations savantes... »Enfin, il a placé l'hexadynamie...

— Et le secrétaire général...? demanda M. Martin véritablement radouci.

— Le secrétaire général a dit : « Ça se peut... ça se peut... ça se peut... nous verrons... »

— Et l'affaire a été faite?... Je ne vois rien jusqu'ici d'incompatible...

— Attends donc !... si tu laissais dire...
On voulait la chose pour ta fête, com-
prends-tu bien ?... Avant-hier, M. Bonnard est retourné au ministère... pas de
M. Martin sur la liste... Le secrétaire
général lui a dit : « Bonjour ! comment
va ? — Tout doucement... Et M. Martin ? —
Où le prends-tu, ton M. Martin ? »

— Ah ! fit le naturaliste, à la fin...

— Tu t'enlèves !... quelle soupe au
lait !... M. Bonnard donna de nouveau
toutes les explications... et le secrétaire
général dit encore : « Ça se peut... ça se
peut... »

— Et le nom de M. Bonnard était sur la
liste, je parie ! interrompit M. Martin amè-
rement.

— C'est décidé !... tu ne veux pas me
laisser dire !... Oui, le nom de M. Bonnard
y était ; mais tu vas voir...

— J'en étais sûr !...

— Tu étais sûr de quoi?... Moi, je suis
sûre que tu es un brise-raison et qu'il
n'y a pas moyen... mais je n'ai plus qu'un
seul mot à te dire... Le secrétaire général
a sa maison de campagne ici près, sur la
route de Marnes... Il donnait une fête ce
soir.

— Je crois te comprendre! fit M. Martin du haut de son austérité.

— Nous étions invités...

— Et, trompant ma confiance..., continua le naturaliste, vous avez quitté le domicile conjugal!

La figure de madame Martin était écar-
late. Caro écoutait, curieuse et jouissant
par avance de la tempête prochaine. Lily
avait peur.

Dans le salon, l'une des deux ombres
dit à l'autre :

— Fais ton entrée, papa, ou tout est
perdu!

L'autre ombre repartit :

— Si tu n'étais pas amoureux comme un benêt, je ferais plutôt ma sortie... Tout ceci me semble tourner fort mal... je regrette ma croix et ma peine.

— Nous étions invités! répéta pour la troisième fois madame Martin, dont la voix éclatait malgré elle; c'était convenu que nous irions à la soirée et que le secrétaire général me donnerait ta croix... Il n'y avait pas déjà tant de monde chez lui, va!... à cause du bal de cet Américain à Villeneuve... Peut-être qu'on a pris ce biais pour se procurer deux danseuses de plus.

Madame Martin fut adorable en prononçant ces mots : deux danseuses.

— Ne ris pas, coquin! dit une des deux ombres.

L'autre se serra les côtes. Lily, qui entendait tout, scène principale et propos

de coulisses, était rose comme une cerise.
Caro avait les mains sous son tablier et
grommelait de temps en temps :

— As-tu fini?

— La chose sûre, reprit madame Martin, c'est que nous avons été fièrement
remarquées... Je peux bien dire que toutes
ces femmes-là nous mangeaient des yeux...
Vois-tu, gros chéri, nous ne dépensons
presque rien pour notre toilette, mais nous
avons le genre... Voilà donc que le secrétaire général était à son whist... Le rob a
fini au bout de dix minutes : il gagnait
cinq fiches... Ça avait l'air d'être à cent
sous la fiche... peut-être plus... dans l'ad-
ministration, ils vont bien!... M. Bonnard
lui a dit : « Nous venons chercher la croix
de M. Martin... » Il a reparti : « Où prenez-
vous M. Martin?... » Mais, comme M. Bonnard lui faisait les gros yeux en nous
montrant, il nous a saluées en cérémonie;

puis il a dit : « M. Martin n'est pas sur la liste, je l'ai dans ma poche... »

— Et j'ai subi cette longue série d'humiliations ! s'écria le naturaliste en levant les bras vers le ciel.

— Entre, papa, entre, fit la plus jeune des deux ombres, il est grand temps !

L'ombre la plus agée s'ébranla lentement et comme à contre-cœur.

— Pas plus d'humiliation que dans le coin de mon œil ! riposta madame Martin ; — tu vas voir, — laisse-moi dire !... M. Bonnard s'est fâché tout rouge... Ah ! miséricorde, ce n'est pas toi qui te montrerais comme ça ! Il a pris son ami de collége par le bras, — un secrétaire général ! — et l'a entraîné tambour battant jusqu'à son cabinet... Il a demandé la liste... je te promets qu'il l'aurait prise de force !... Il l'a parcourue ; il est arrivé à son nom ; il a présenté la plume trempée dans l'encre au secrétaire général et lui a dit : « Biffe mon nom et mets celui de M. Martin (Philippe-Honoré-Marcel). » Le secrétaire hésitait; M. Bonnard a repris : « Allons!... » Ma foi! le secrétaire général n'a fait ni une ni deux, il t'a mis sur la liste...

M. Martin était tout pensif.

— Il y a quelque chose dans ce Bonnard!... murmura-t-il; — c'est le parrain de mon enfant...

— Ce n'est pas tout, poursuivit Rose; — il nous fallait la croix et le ruban pour faire l'effet dans la surprise... M. Bonnard a exigé que le secrétaire général lui donnât sa propre décoration...

— De sorte que, acheva-t-elle avec emphase, — tu as sur la poitrine la propre croix d'un secrétaire général!

M. Martin croisa ses bras et demanda d'un ton plein de fierté :

— Madame Martin, avez-vous achevé?

— Est-ce que tu n'es pas encore content? balbutia Rose stupéfaite.

— Allez dire à votre M. Bonnard, s'écria tout à coup le naturaliste d'une voix tonnante, — que cette façon de recevoir une distinction sociale peut être bonne pour lui et ses pareils, mais qu'elle ne convient nullement au fils de mon père!... Allez dire à votre M. Bonnard que je ne veux ni de sa protection, ni de ses momeries... Allez dire à votre M. Bonnard que l'inventeur du gypsium ne va pas chercher de récompense dans les antichambres ministérielles, même par procuration... Allez dire à votre M. Bonnard... Allez dire à votre M. Bonnard...

Il s'arrêta tout à coup, les yeux écarquillés et la bouche béante.

L'ombre venait de faire son apparition. Bonnard était debout sur le seuil.

Pour bien se représenter ce tableau, l'un des plus saisissants que l'on puisse imaginer, il faut voir à la fois les deux principaux acteurs et l'entourage. M. Martin avait la pose de Mirabeau disant son mot fameux : « Allez dire à votre maître, etc…, etc…, par la force des baïonnettes. »

M. Bonnard, gros père noble très-bien couvert, ventre naissant, favoris petite-bourse, prenait tout naturellement l'attitude de la statue du commandeur.

Caro savourait l'espoir d'un grabuge complet.

Madame Martin assouvissait sa colère sur les broderies de son mouchoir qu'elle mordait à belles dents.

Lily, consternée de la tournure que prenaient les choses, pleurait.

M. Bonnard et M. Martin se mesurèrent un instant de l'œil en silence. Puis, comme

M. Martin drapait sa robe de chambre d'un air menaçant, M. Bonnard dit avec calme :

— J'ai tout entendu ; me voici prêt à rendre compte de mes actions.

M. Martin se tenait si droit, qu'il gagnait un bon demi-pouce.

— Monsieur, dit-il, à Dieu ne plaise que je tombe dans les vains excès de la déclamation ; j'ai pour habitude de ne rien exagérer, ou plutôt je possède ce don de voir toujours les choses telles qu'elles sont, dans toute la rigueur de la réalité... Laissons de côté, s'il vous plaît, la puérile comédie à laquelle, cette nuit, dans les salons d'un agent du pouvoir, mon nom, jusqu'à présent intact, a été témérairement mêlé...

— Lily ! de l'eau ! s'écria Rose.

Elle vint jusqu'à la porte du salon et dit à la plus jeune ombre :

— Alexandre! empêchez-moi de lui arracher les yeux!

M. Martin continuait :

— Monsieur, voilà le fruit de vos sourdes menées. Vous avez su semer le trouble et la discorde dans une famille paisible... Regardez! ma fille sanglote et verse des larmes amères... Cette servante expulsée attend l'aurore pour faire son paquet... Ma femme parle de se livrer à mon égard à des voies de fait, non-seulement condamnables si on les considère au point de vue moral, mais encore indécentes et du plus mauvais ton...

— Alexandre! Alexandre! grondait Rose, tenez-moi bien!

La plus jeune des deux ombres l'avait saisie en effet à bras-le-corps. Ses deux bras avaient grande peine à entourer cette taille puissante qui avait fatigué tant de corsets mécaniques!

M. Martin poursuivait :

— Jouissez, monsieur, des ruines que vous avez faites... et rendez-moi cette justice que je n'enfle pas le moins du monde les déplorables résultats de votre conduite... Quant à ce fait de vous trouver sans mon consentement, à cette heure indue, au sein de mon domicile, je le passe sous silence, attendu qu'il mériterait *hic et nunc* un châtiment trop sévère... J'ai dit, monsieur; il vous reste à vous retirer !

M. Bonnard avait les oreilles un peu rouges. Il était sanguin. On pouvait voir déjà l'effort qu'il faisait pour réprimer la réponse trop vive qui était sur ses lèvres. Certes, malgré la connaissance qu'il avait de M. Martin, il ne s'était point attendu à cet accueil.

La croix d'honneur, à son sens, devait tout arranger.

Erreur profonde! Il y avait vingt ans que M. Martin souhaitait passionnément cette récompense; mais M. Martin était fier à la façon de ces gens qui meurent de faim à table pour ne point paraître avides.

En outre, M. Martin eût sacrifié dix ans de vie et ses plus chers espoirs pour poser dix minutes en quelque personnage que ce fût, appartenant à l'emploi de Talma.

— Mon ami, mon bon et vieil ami, dit M. Bonnard prodiguant d'un seul coup toute l'onction qui était en lui, je vais me retirer puisque vous le voulez; mais, auparavant, vous ne refuserez pas de m'entendre.

— Je vous écoute, monsieur... Seulement, que vos explications soient brèves!... Je suis le maître dans cette maison... J'ai ici justice à rendre en ma qualité de père de famille.

— Alexandre! ne me lâchez pas!

La jeune ombre avait fort à faire.

— Je serai court, repartit M. Bonnard avec un commencement d'impatience, et surtout je ne ferai pas de phrases... Madame Martin vous a dit ce qui s'est passé entre mon ancien camarade de collège et moi... Peut-être a-t-elle eu tort de présenter comme dévouement la chose la plus aisée et la plus simple... Vous méritiez la croix... on vous oubliait : j'ai fait en sorte qu'on se souvînt de vous... Pour avancer votre nomination de quelques jours, je vous ai cédé mon rang ; je vous le devais : vous avez été mon maître... Il n'y a point eu d'intrigues... vous n'êtes pas compromis le moins du monde... Si j'ai pris ces petits détours de comédie pour arriver à une réconciliation entre nous, c'est que tout à l'heure encore je la désirais sincèrement... A mon tour, j'ai dit, et j'ai bien l'honneur de vous saluer.

Les deux bras d'Alexandre Bonnard tombèrent à cette déclaration inattendue. Le père noble s'était échauffé en parlant, selon la pente de son tempérament sanguin.

Tout était rompu.

Mais, en tombant, les deux bras d'Alexandre rendirent la liberté à Rose. Rose bondit comme une lionne.

— Et vous croyez que je souffrirai cela? s'écria-t-elle; on se sera mis en quatre!... Approchez, Alexandre!...

Tout le monde frémit.

M. Martin eut le rire incisif et caustique des indignations traduites d'Euripide.

— Et vous croyez, dit-il à son tour, que je n'avais pas tout deviné! Voici détachés les cordons du masque! cette faible femme n'a pas su dissimuler jusqu'au bout... A l'aide de cette croix, vous vouliez marchander mon consentement au mariage de ma fille... Reprenez-le, cet insigne... je n'en veux plus, vous l'avez déshonoré !

Il jeta la croix sur la table.

Rose rugissait.

— Viens, Alexandre, dit M. Bonnard, j'ai le sang à la tête... Ce vieux fou serait cause d'un malheur !

On n'a jamais su si M. Martin avait entendu cette énergique et courte appréciation de son individu. Il y eut encore un coup de théâtre, un coup de tonnerre, plutôt.

Cette infâme Caro, qui se tordait à force de rire, était tombée dans un fauteuil. Elle ramassa machinalement une lettre qui gisait sur le parquet et en épela péniblement l'adresse.

— Qu'est-ce que c'est que ça? s'écriat-elle. « A madame veuve Martin !... »

Les Bonnard se dirigeaient vers la porte ; Lily, affaissée, s'appuyait à la ta-

blette du petit bureau. Avouerons-nous
que Rose, arrivée au paroxysme de l'exas-
pération, prenait son élan pour charger
son mari à fond de train?...

Tout le monde tressaillit et s'arrêta un
pied en l'air.

M. Martin, qui en était déjà peut-être à
regretter sa croix si fièrement sacrifiée, fit
un saut de cabri à la lecture de cette
suscription : *A madame veuve Martin*...

Il s'élança, mais pas assez vite. D'un
bond qui fit gémir hautement le plancher,
Rose l'avait devancé. Elle tenait déjà l'enveloppe.

— Madame, dit le naturaliste, suffoqué
par une angoisse soudaine, donnez-moi
cela... C'est dangereux... c'est brûlant...
ce sont... des secrets d'État!

Sur l'honneur, M. Martin trouva cet
adroit subterfuge.

Mais Rose, l'écartant, de son bras plus

gros que nature, répondit péremptoire-
ment :

— Nous allons voir ça!

— Tiens! tiens! fit la douce voix de
Lily, qui avait ramassé un papier de l'au-
tre côté du bureau, l'écriture de papa...
« Au nom du Père, du Fils, et du Saint-
Esprit, ceci est mon testament... »

M. Martin se retourna, leste comme
l'anguille vivante dans la poêle. Rose avait
déjà arraché le papier des mains de Lily.

Elle toisait son époux d'un regard vain-
queur. Les femmes devinent tout.

M. Martin passa son foulard sur son
front en sueur. Il jeta une œillade timide
vers le bureau... son projet était au moins
de soustraire la dernière feuille qui restait
à découvert.

Oh! mon Dieu! comment avait-il pu oublier cela?

Rose saisit le coup d'œil au passage;

par une manœuvre aussi habile que hardie, elle barra la route à son époux vaincu et lut d'un seul coup d'œil :

« La lettre de Bonnard m'a tout appris, je pardonne, et je meurs. »

— Madame, commença M. Martin d'un accent mélancolique où la noblesse le disputait à la contrariété, vous avez mon secret...

Il n'acheva pas. Ce sexe est sans pitié, quels que soient son poids et son âge. Rose s'était laissée choir dans la bergère et se livrait aux éclats d'un rire spasmodique.

M. Martin restait atterré.

— Quoi qu'il y a donc de si drôle? demanda l'effrontée Caro.

— Mère?... interrogea Lily.

Les deux Bonnard se rapprochaient.

— Ah çà! demanda le père noble, est-ce que tout ceci finirait gaiement?

Le naturaliste promenait à la ronde son regard chargé de détresse.

— Ah!... ah!... ah!... faisait Rose parmi l'épuisement de son rire immodéré; si vous saviez!... si vous saviez!... Je vais tout vous dire...

M. Martin la rejoignit d'un pas saccadé. Ses bras convulsifs serraient sa robe de chambre autour de ses reins appauvris. Il avait l'air d'un long petit colis, ficelé pour un important voyage.

— Un mot... un seul mot là-dessus, dit-il à sa femme d'une voix altérée, et je me détruis sous vos yeux !

Rose cessa de rire. Il n'y avait point à s'y méprendre : M. Martin parlait sérieusement.

Elle fit un paquet des trois lettres.

Un silence de mort régnait dans la chambre.

Caro s'approcha de M. Martin. Elle ne

craignit pas de lui toucher l'épaule et murmura à son oreille :

— Dites donc! n'y a pas qu'aux Oiseaux qu'on apprend à lire!

M. Martin leva la main.

Caro se sauva.

Madame Martin réfléchissait.

— Lily, dit-elle tout à coup avec un calme souriant, approchez, mon enfant.

La fillette obéit.

— Remerciez votre père, ajouta Rose, qui fit en même temps un signe à M. Bonnard fils.

— Me remercier!... balbutia le naturaliste; de quoi?

Rose mit la main de Lily dans celle de M. Alexandre Bonnard.

— Ne fais pas plus longtemps l'ignorant, bon ami, dit Rose d'un ton ferme et rassis; la plaisanterie a trop duré... Ta fille te remercie du bonheur que tu lui

donnes.. Elle aime M. Alexandre Bonnard,
qui l'a demandée en mariage...

— Ah çà ! fit M. Martin révolté, de qui
se moque-t-on ici ?

Rose leva sans affectation le paquet de
lettres et le testament.

M. Martin courba la tête et recula de
plusieurs pas, comme un bélier qui va se
ruer.

Son regard fauve allait de M. Bonnard
père à M. Alexandre Bonnard fils.

— Un faiseur de romans, gronda-t-il,
n'entrera jamais dans ma famille !... Je
préfère...

— Voilà pourtant l'effet de la concur-
rence ! l'interrompit madame Martin d'un
ton enjoué, mais toujours ferme ; M. Martin fait aussi des romans...

— Comment ! comment !...

Ce fut un chœur où se mêla la voix du
naturaliste lui-même.

Madame Martin leva le rouleau de papier à la hauteur de son menton.

— Veux-tu, demanda-t-elle doucement à son mari, que je donne lecture du chapitre que tu as composé cette nuit?

M. Martin chercha un siége autour de lui. Il n'en pouvait plus. Caro s'empressa de lui rouler un fauteuil où il se plongea en poussant un large soupir.

— Veux-tu? répéta Rose impitoyable.

— Puisque les deux enfants ont de l'inclination l'un pour l'autre..., prononça le pauvre homme avec effort, je ne vois pas... On aurait tort d'exagérer... M. Bonnard a tenu Stanislas, mon seul enfant mâle, sur les fonts du baptême... Qu'y a-t-il, en définitive, en dehors de la réalité? J'aurais désiré... mais voilà : le cœur d'un père contient d'inépuisables trésors de complaisance et de tendresse... Je donne mon consentement!

. Aussitôt, Alexandre et Lily s'agenouillèrent devant lui. On savait son amour pour ce genre de représentations.

Comme il levait la main pour leur donner sa bénédiction, Caro, qui avait un instant disparu, fit irruption dans la chambre avec un bon gaillard trapu qui se laissait traîner, moitié souriant, moitié déconcerté.

— Pendant que vous y êtes, dit la Comtoise, nous voici pareillement pour avoir l'honneur d'y participer : moi et François, qui m'épouse au légitime, malgré qu'on n'ait pas été éduquée aux Oiseaux...

Si M. Martin avait eu sa canne...

Mais Rose triomphante avait besoin d'épancher sa joie.

L'héritier du gypsium venait de s'éveiller en poussant d'aigres clameurs.

M. Martin imposa les mains au jeune couple. Il permit à Bonnard le père de lui donner l'accolade fraternelle. Puis, pressant Lily contre son cœur avec une véritable émotion :

— Nous l'aimons donc bien?... soupira-t-il.

— Presque autant que toi, père, répondit Lily en rougissant.

M. Martin la menaça du doigt. Il ouvrit ses bras à Stanislas, que Caro apportait tout grognant, et Stanislas dit :

— Papa, je te souhaite... la fin de tes jours!... C'est ça !

Il avait oublié le milieu du compliment.

— Quel enfant! dit M. Martin rayonnant de ce naïf orgueil dont la bonté de Dieu a comblé les pères; à quatre ans et demi!

Tout à coup, il se redressa. On fit silence, afin qu'il eût le plaisir, pour sa fête, de prononcer au moins un discours. Sans même prendre la peine de se re-

cueillir, il passa sa main droite sous sa
robe de chambre et laissa couler d'abondance cette vive et brillante improvisa-
tion :

— N'exagérons rien : c'est le système
de toute ma vie. J'y conforme ma conduite,
et je m'en trouve bien. J'accepte la décoration ; elle m'est plus chère, venant de
Bonnard, mon plus vieil ami, qui désormais fait partie de ma famille. Je souhaite
que mon fils Stanislas, dont il est le parrain, possède une partie de son savoir et
de ses vertus. J'estime le talent littéraire
du jeune homme aimable que je vais
nommer mon gendre. La littérature est
une carrière glorieuse ; ses produits dé-
lassent l'intelligence. Telle a toujours été
mon opinion. N'apportant jamais aucune
passion dans mes jugements, comment
mon avis pourrait-il varier? Je remercie
tous ceux qui sont ici présents de leur

attention pour le jour de ma fête. Sous une enveloppe sévère, je cache une grande sensibilité... Rose! approche-toi, que je te presse sur mon sein!

Rose se rendit à cet appel. Pendant qu'il l'embrassait, M. Martin lui dit à l'oreille :

— Jure-moi que tu anéantiras ces monuments de mon délire! Jure-moi que tu garderas, sur les événements de cette nuit, un éternel et religieux silence!

Il faisait allusion au malheureux cahier de papier, employé jusqu'à la dernière feuille.

— Je le jure! prononça Rose solennellement.

Mais elle ajouta :

— A condition qu'on soit gentil...

M. Martin n'entendit peut-être pas cette restriction. Il prit le chemin de sa chambre à coucher, et dit en passant le seuil :

— Attendez-moi, je vais revenir.

Il revint, en effet, au bout de dix minutes. Il portait maintenant, au lieu de
son pantalon à pieds et de sa robe de
chambre, un habillement noir, fort propre
encore, qu'il avait coutume d'endosser
pour se rendre aux banquets maçonniques. La dignité naturelle de son maintien se trouvait rehaussée par ce costume
d'apparat. Un murmure flatteur accueillit
son entrée.

Il s'arrêta au milieu de la chambre, et
d'un accent qui trahissait les douces émotions de son âme :

— Stanislas ! dit-il en s'adressant à
Bonnard ; vous souvient-il des années de
notre jeunesse ? Nous avons cédé ensemble
aux fougeuses fièvres de cet âge ; ensemble nous sommes rentrés dans l'honorable
sentier de la sagesse. Peines et plaisirs,
Stanislas, nous avons tout partagé... En

ce jour qui marquera triplement dans mon
existence, je vous choisis spécialement et
de mon plein gré pour mon parrain
d'honneur... Vous êtes déjà celui de mon
fils... Stanislas, prenez cet insigne sur la
table, et, selon les vœux du gouvernement,
attachez-le sur mon cœur loyal!

On faisait cercle. Deux larmes se balan-
çaient aux paupières de Rose. Alexandre
Bonnard et Lily, sa fiancée, se tenaient
par la main. A l'écart, dans l'ombre, un
autre groupe plus humble gardait le silence du recueillement. C'étaient François,
Auvergnat de naissance, et Caro, native de
Franche-Comté.

M. Bonnard conquit tous les suffrages
par la façon dont il remplit son office.

— Philippe! prononça-t-il, la tête haute
et le regard assuré, dans un temps déjà
fort éloigné, alors que les mœurs étaient à
la mode du moyen âge, on vous aurait fait

mettre à genoux. Dans cette position, l'on aurait touché votre épaule du plat d'un glaive, en disant : « De par Dieu et monseigneur saint Denis, je te fais chevalier!... » Aujourd'hui, ce n'est plus ça : l'intelligence a remplacé la force brutale... Reste debout... soldat de la science! Je te fais chevalier de par le gypsium et l'hexadynamie!

M. Martin, transfiguré, avait des rayons autour des tempes. Littéralement, on voyait son front pointu au travers d'une gloire. Il ne put proférer que ces paroles entrecoupées :

— Merci, monsieur Bonnard... vous n'avez rien exagéré!... Mon fils! as-tu entendu cela ? L'enfant est bien jeune, quoique fort avancé pour son âge... Il faudra dresser procès-verbal, afin qu'il sache dans quelques années... Ma femme!... mes amis!... ma patrie!...

Sa voix s'affaiblit, ses yeux tournèrent; tous les bras se tendirent. M. Martin, écrasé par la joie, s'affaissa dans le sein de sa famille heureuse.

La brise des nuits se taisait au dehors; la lune brillait au ciel sans nuages; la nature semblait envelopper d'un regard maternel les candides allégresses de cette maison habitée par un de ses pontifes.

FIN

TABLE

FIN DE LA TABLE DU DEUXIÈME VOLUME

AVIS IMPORTANT

Beaucoup des ouvrages publiés dans la COLLECTION HETZEL sont plus complets que les mêmes ouvrages publiés en France. Ils sont imprimés sur les manuscrits originaux en Belgique, et n'ont point à subir les retranchements qu'exige souvent la législation française.

EXTRAIT DU CATALOGUE

Bruxelles. — Typ. de J. Nys, rue du Nord, 68